奈落の底で、君と見た虹

柴山ナギ

幻冬舎文庫

奈落の底で、君と見た虹

目次

プロローグ

人は生きていく中で、いったい何回くらい人との出会いを経験するのだろう。

何千回？　何万回？

そのうちたった一度でも、きみに出会えてよかったと心の底から思うことができたら、素晴らしい人生だったと言えるのではないだろうか。

出会えた奇跡に感謝し、気持ちが通じあった幸運を嚙みしめ、もしこの人に出会っていなければと想像してはゾッとする――そんな恍惚と不安を、そのころの私はまだ、実感することなく生きていた。

あんがい心穏やかな日々だったのかもしれない。

失うもののない人生だったと言ってもいい。

体を引き裂かれるような別れの瞬間も、底なしの淵に沈んでいく耐えがたい喪失感も知らないまま、ただ呼吸だけしていればよかったのだから……。

第一章　体操着と松葉杖

1

志田美憂（しだみゆう）に出会ったのは、東京の奈落の底だった。

彼女が店に入ってきたとき、一日中日のあたらない地下二階に、ほのかな光が差しこんできたような気がした。ふわふわした白いワンピースでも着ていれば、天使にだって見えたかもしれない。

清野蓮（きよのれん）はネットカフェで、深夜シフトのアルバイトをしている。

アキバのはずれの雑居ビルの地下二階にあるその店は、天井の高いだだっ広い空間に七十ほどの半個室が並ぶ。

店の造りや料金システムは他のネカフェと似たようなものだが、客層があまりよろしくない。ビルの一階に二十四時間営業の居酒屋が入っているせいで、前の路上には昼夜問わず酒くさい連中がうろうろし、終電を逃すとナイトパックを利用して眠りにつこうとする。

いちおう泥酔者お断りという建前になっているものの、入店を断ると凄(すご)んできたり、暴力的な態度に出るのが酔っ払いの習性だ。身の安全を考えれば、よほどのことがない限り通すしかない。

酔っ払い以外にも、やっかいな客が大勢いた。その代表格が、長期滞在を決めこんでいるネトゲ廃人だ。オンラインゲームというヴァーチャルの世界にどっぷり嵌(は)まり、リアルな人生には興味を失っている。死んだ魚のような眼をして、コミュニケーションもままならない。

さらには、ネカフェをラブホと勘違いしているバカップル、危ない橋を渡っていそうな荒(すさ)んだオーラをまとった男、異臭を振りまくホームレスもどきなど、負け犬の巣窟、都会の掃きだめ、どす黒く底光りする倦怠感だけがとぐろを巻いている奈落の底だ。

とはいえ、蓮は不思議とそこから逃げだそうという気にはならなかった。酔っ払いにからまれても、理不尽なクレームをつけられても、辞めようと思ったことは一度もない。他に行き場所がないという理由もあるが、そこが最悪の場所であるがゆえに、安堵(あんど)しているもうひとりの自分がいた。蓮にしても、人に自慢できる人生を歩んでいるわけではなかったからだ。

いっそのこと……。

ネトゲ廃人くらいまで振りきってしまえれば、もっと気楽に生きられるのかもしれないとさえ思う。

一週間シャワーを浴びなくても、一カ月着替えなくてもいい。食事はスナック菓子やカップ麺だけでかまわない。仮想空間でリスペクトされることだけを生き甲斐に、脇目もふらずレアアイテムの獲得に熱中して、膨大な時間を失っている。たぶん、何年も……。

時間を失っているのは同じなのに、ネトゲという生き甲斐さえ見つけられず、ただぼんやり生きているのが蓮だった。

「未来に気をとられすぎていると……」

てっちゃんが虚空を見てつぶやいた。

「ありのままの現在が見えなくなる……」

蓮に対しての言葉ではなかった。てっちゃんはよくそうやってひとり言をつぶやく。訳のわからない格言めいた言葉を……。

深夜シフトのバイトはだいたい二名。蓮はてっちゃんとコンビを組むことが多いのだが、かなりの変人だった。見た目からして枯れ木のように痩せ、眼が落ちくぼんでいて、ヨガ行者みたいだ。髪に白いものが交じっているから、たぶん四十歳を過ぎている。なのに、ネトゲ廃人並みにコミュニケーションがとれない。常にカウンターの中のパイプ椅子に座り、本を黙々と読んでいる。話しかけてくるどころか、視線を合わせてくることすらない。

とはいえ、蓮は彼のことが嫌いではなかった。二時間に一回、きっちりトイレやシャワー室の清掃に行ってくれるからだ。接客が苦手なので、それだけはなにがなんでも自分がやるという縄張り意識みたいなものがあるらしい。

蓮としては、清掃を受けもってもらえるのは助かるし、彼ほどではないにしろ、こちらもコミュ障みたいなものなので、話さなくていいのも楽だった。

ちなみに、てっちゃんというのは蓮が勝手につけた渾名である。鉄道おたくを指す「鉄ちゃん」ならぬ「哲ちゃん」。哲学書めいた難しそうな本ばかり読んでいるからである。

そんなてっちゃんを尻目に、蓮はいつもぼーっとしていた。ネカフェの深夜シフトは、客がトラブルを起こさない限り、死ぬほど暇だ。ゲームや漫画も悪くはないが、最近嵌まっている暇つぶしは妄想に耽ること。

ただし、ただ単にぼんやりなにかを考えているのには限界がある。落書きをしながらだと、妄想はふくらみやすい。手を動かしていると適度に脳が刺激され、睡魔の誘惑からも逃れられる。

幸いなことに、店には資源ゴミに出されるのを待っている古雑誌が大量にあった。モノクロページに、赤や青やグリーンのペンを走らせる。

現実逃避にうってつけの妄想は、いつだって可愛い女の子だった。といっても、特定の誰かではない。推しているアイドルだっていない。こういう女の子と仲良くなれたらいいのになあ、と思い浮かべながら落書きする。絵がうまいわけじゃないけれど、アニメっぽいやつなら多少は描ける。

けっこう楽しめた。好みの服装、ポーズ、表情……ちょっと恥ずかしいけれど、女の子はやっぱり、天使のようなタイプがいい。

くるり、くるり、と親指の上でペンをまわしては、天使のような女の子の絵を描いた。ペンを持つとついまわしてしまうのは、子供のときからの癖だった。ペンが回転する瞬間の、浮遊感というか、重力から自由になった感じがいい。くるり、くるり……。

「いらっしゃいませ」

人の気配を感じ、落書きをやめて立ちあがった。てっちゃんとコンビの場合、接客は一〇〇パーセント蓮の仕事だ。

カウンターの向こうに、女の子がひとり、立っていた。

天使には見えなかった。ネカフェの雰囲気はどんよりと暗いので、その場が少し明るくなった感じはあった。若い女のひとり客が登場すれば、天使に見えてもおかしくないのがその店だった。

　しかし、彼女は右の足首にギプスをつけ、松葉杖をついていた。そんな天使がいるわけない。

　怪我をしているのでややこしい服を着られないのだろう、松葉杖をついているうえに白いTシャツに紺のショートパンツ姿だったので、パッと見には運動会で怪我をした女子高生、下手をすれば中学生にも見えた。

　それが、志田美憂との出会いだった。

　蓮は顔をひどくこわばらせていたし、美憂は不安げに眼を泳がせていた。キョドっていたと言ってもいい。心ときめく恋の予感なんて、一ミリも感じられなかった。

「深夜の入店は、十八歳未満お断りです」

　蓮がぶっきらぼうに言うと、美憂はおずおずと免許証を差しだした。それによれば、彼女の年齢は十九歳。

　俺とふたつしか違わないのかよ……。

　内心でひどく驚いた。

　実年齢より幼く見えた理由はいくつかある。猫のように大きな眼も、そのひとつだろう。かなり小柄で、身長はおそらく百五十センチほど。髪は真っ黒いショートボブ。化粧っ気のないさっぱりした顔。体操着を彷彿させるTシャツにショートパンツ。

それにしても、松葉杖をついて深夜のネカフェにやってくるなんて、ずいぶんと訳あり感を漂わせている十九歳である。

他の店に行ったほうがいいと、よほど忠告してやろうかと思った。

スマホでちょっと検索すれば、ここよりマシな店なんていくらでも見つかるよ――言葉が喉元までこみあげてきたが、おせっかいを焼くのは柄ではないので、口に出すことはできなかった。

時刻は深夜の十一時を過ぎていた。

「いまからだと八時間のナイトパックがお得です。朝七時までで九百八十円」

パウチラミネートされた料金表を見せると、美憂は太陽の下で汗をかいているのが似合いそうな、あどけない笑みを浮かべて言った。

「これでお願いします」

美憂が指差したのは、一カ月の長期利用コースだった。

おいおい……。

そんなものを利用するのは、ネットにアクセスさえできれば住環境などどうでもいいネトゲ廃人か、アパートを借りることができないほど窮地に追いつめられているホームレス予備軍くらいのものだ。

それでも、客が利用したいと言うのならしかたがない。

「四万九千八百円になります」

蓮は料金を受けとると、一カ月後の期限を書いたフリーパス券を渡し、個室席に案内した。長期利用の客を通す席は、店内のいちばん奥まったところにある。蓮はこっそり「この世の果て」と命名している。

書棚があるところはそれなりに明るいのだが、個室席のゾーンは天井の蛍光灯が消されているので、全体的に夜道のように薄暗い。奥に行けば行くほど暗くなっていき、「この世の果て」が迫ると独特の異臭が漂ってくる。シャワーを浴びない者、服を着替えない者、ゴミを溜めこんでいる者がいるせいだ。

美憂はさすがに眉をひそめた。彼女がもしキャンセルしたいと言いだしたら、蓮は快く応じてやるつもりだった。半分は同情だったが、半分はトラブルの予感が強まっていくばかりだったからだ。やっかいな客が面倒ないざこざを起こすのは、ここでは日常茶飯事だった。彼女の出現が、いざこざの原因にならなければいいのだが……。

「ありがとうございます」

美憂は礼を言って個室席のブースに入っていった。一畳ほどの、椅子のないフラットシートの席だ。大人の男では足を伸ばして寝ることはできないが、小柄な彼女なら収まりがいいかもしれない。

ただ、扉を閉めても、天井が開いているので完全な密室にはならない。安手の板で囲ってあるだけだ。まわりの音が筒抜けだから、ひと晩だけならともかく、ひと月も暮らすには相当図太い神経が必要だろう。そんなものが彼女にあるようには見えなかったが……。


カウンターに戻ると、客が突っ立っていた。

新規の客ではなく、長期滞在のネトゲ廃人だ。フードを買いにきたらしい。

「いつものやつですか？」

あわててカウンターの中に入って訊ねると、黙ってうなずいた。棚からペヤングソースやきそばを取って渡し、料金を受けとる。カウンターの中にはてっちゃんがいたが、パイプ椅子に座ったまま平然と本を読んでいた。客も客で、てっちゃんには声をかけず、他の誰かが戻ってくるのを黙って待つ。いつものことだが、溜息が出そうになる。

その客はネトゲ廃人の中でもかなりの古株で、蓮がバイトを始めた一年前にはすでにこのネカフェに住んでいた。超がつく肥満体に伸ばしっぱなしの長髪に分厚いメガネ――レンズが指紋で白く汚れているのは、この手の連中の特徴だ。その奥にある糸のように細い眼を床に向け、よれたポケモンTシャツを着ている姿は、いかにもゲームに魂を奪われた亡者のようだ。

それはべつにいいのだが、彼にはちょっと悪い癖がある。気に入った雑誌のグラビアがあると、勝手にカッターで切りとってしまう。「切り裂き魔ゴーレム」ならぬ「切り抜き魔ゴーレム」と命名してやった。蓮はいつも見逃してやっているが、バイトの同僚の中には切り抜きを現行犯で見つけてねちねちいじめるのを楽しみにしているやつもいて、ゴーレムは追いこまれると泣く。この男は三十歳を過ぎている。いい大人のくせにまともに謝ることもできず、嗚咽(おえつ)をもらして汚れたメガネを涙で曇らせる。

やれやれ……。

蓮はカウンターの中でパイプ椅子に座り、先ほどの続きを始めた。単なる落書きにも飽きてきたので、パラパラ漫画にしてみることにする。

女の子をジャンプさせたり、踊らせたり、走らせたり……ふと自分の描いた絵が、先ほどの客に似ているような気がして、手がとまった。

まさかひと目惚れ？

いやいや、そんなことはないと苦笑する。彼女は眼が大きいから、手癖になっているアニメ顔の天使とだぶって見えただけだ。

それでも気になっているのは事実だった。

今夜は珍しく、まだ正体を失った泥酔客がやってきていないが、その手の男と鉢合わせになったら、からまれてしまうのではないだろうか。トラブルが起きても、てっちゃんはまるで頼りにならない。となると、彼女がからまれた場合、とめるのは……俺？

「あのう……」

声をかけられ、蓮はあわてて古雑誌を閉じた。反射的に立ちあがってしまったのは、それだけ驚いたということだ。若い女の子の声だった。それを発する者は、いまこの店にひとりしかいない。

「このへんで、食事のできるところってありませんか？」

美憂ははにかみながら言った。

「晩ごはん食べなかったから、お腹がグウグウ鳴っちゃって」

この店でもカップ麺やスナック菓子を売っているが、もう少しまともなものが食べたいのだろう。とはいえ、パラパラ漫画に熱中しているうち、時刻は午前一時近くになっていた。

「牛丼屋なら、ビルを出て右に行けばすぐあるけど……」

女の子がひとりで入るのは抵抗があるに違いない。

「ファミレスはちょっと遠くて、普通に歩いても十五分。松葉杖をついてだと……牛丼屋の先に、コンビニならあるけど……」

「ありがとうございます」

美憂は落胆したふうでもなく、笑顔を残して店を出ていった。リュックを背負った彼女の小さな後ろ姿を見送った蓮は、いったん椅子に腰をおろしたが、パラパラ漫画の続きを描く気にはなれなかった。

「ちょっとコンビニ行ってきます」

てっちゃんに声をかけ、美憂を追いかけた。休憩時間は決まっていないので、各自適当にとっていいことになっている。コンビニに行くのも珍しいことではなかったから、てっちゃんはこちらも見ずに黙ってうなずいただけだった。

蓮は人におせっかいを焼くのも、焼かれるのも好きではなかった。客の買い物を代行してやる義務だってない。

しかし、さすがに気の毒だ。深夜一時、松葉杖をついている女の子を、ひとりで買い物に行かせるのは……。

美憂が乗ったはずのエレベーターは、すでに一階に到着していた。

蓮は二段飛ばしで階段を駆けあがっていき、地上に出た。梅雨が明けたばかりの夜の街は、一瞬で汗が噴きだしてくるほど蒸し暑かった。この時間になってもまだしつこく次の酒場を探している酔っ払いたちが撒き散らす吐息が、ねっとりと湿った空気をよけいに不快なものにしている。

美憂の背中を探した。すぐに見つかったが、二、三歩追いかけただけで立ちどまった。牛丼屋に入っていったからである。

蓮は驚いた。深夜の牛丼屋は、とても若い女の子がひとりで食事するような雰囲気ではない。

遅くまで働いて疲れきっている男たちが黙々と牛丼をかきこんでいるし、酔っ払い率も高い。カウンターに伏せて寝ているのはまだいいほうで、ワンオペの店員にからみはじめたりすれば、店内は一気に殺伐とした空気になる。

蓮は歩を進め、ガラス張りの店内の様子をこっそりうかがった。

荒れた酔っ払いはいなかったものの、予想通り男のひとり客ばかりの中、美憂は背中を丸めて牛丼を食べはじめた。気まずそうである一方、食欲は旺盛なようだった。味噌汁とおしんこの追加注文をしている。

変な女だった。

どういう事情かわからないが、ネカフェよりマシな宿泊施設も、牛丼屋より相応しい食事処もあるはずなのに、場違いなところで孤軍奮闘している。しかも、少なくとも一カ月の間は、こんな生活を続けるつもりらしい。

2

数日が過ぎた。

蓮は相変わらず、美憂のことが気になってしかたなかった。彼女の顔を見るとホッとしたし、なかなか見かけないと心配になった。この店の雰囲気に馴染(なじ)んでいるか、そうではないか。馴染めなくても気の毒だが、馴染みすぎてもそれはそれで不安になる。ここは間違いなく、東京の奈落の底のひとつだった。彼女のような若い女の子が、馴染んでいい場所ではない。

それに、美憂のことが気になってしようがないのは、蓮だけではないようだった。

店内で彼女とすれ違うと、たいていの客がびっくりする。振り返って、後ろ姿をまじまじと眺める。場違いな存在に驚いているだけならいいのだが、中には卑猥な眼つきになる者もいる。

あいつ……。

書棚の陰から、ゴーレムが美憂の様子をうかがっていた。糸のように細い眼をますます細めて、Tシャツとショートパンツから健やかに伸びた白い手脚に、粘りつくような視線を這わせている。偏見はよくないけれど、ゴーレムの場合、容姿が容姿だけに完全に変質者だ。だいたい、リアルを捨てたネトゲ廃人のくせに、リアルな女の子に興味をもつなんて反則ではないか。

とはいえ、美憂は気にもとめていないようで、それどころか、ゴーレムとすれ違いざまに会釈した。しかも笑みを浮かべていたから、のぞき魔ゴーレムのほうが驚いたようだった。凍りついたように固まって、しばらくの間、呆然と立ちすくんでいた。

そういう態度は誤解を生む、とよほど注意してやろうかと思った。美憂が無邪気に愛嬌を振りまくのはゴーレムだけではなかったから、客の眼つきはどんどんおかしくなっていくばかりだった。

トラブルの予感がした。

あいつやばそうだな、と不安をかきたててくる客がゴーレムの他にも二、三人いた。もちろん、こちらの思いこみや先入観かもしれない。まだなにも起こっていない段階では、注意するわけにもいかない。

それでも胸騒ぎがおさまらなかったので、蓮は店内をよく巡回するようになった。美憂がやってくる前は、「この世の果て」など用があってもなるべく行かなかったのに、一時間に一回は見てまわった。どうせパラパラ漫画を描いているだけなので、負担が増えるわけでもない。

長期利用コースのあるたいていのネカフェがそうであるように、店にはシャワーが設置されていた。三分間百円で利用できる、いわゆるコインシャワー。同じ場所に洗濯機もあり、暗い店内でそこだけは明るい光がもれていて、夜道の街灯のようになっている。

美憂がいた。黙って通りすぎようとしたが、眼が合ってしまった。となると、無視するのも感じが悪いので、会釈をした。声までかける気はなかったが、美憂は困った顔をしていた。

「どうかしましたか？」

備品に不具合があったりしたら、対処するのはバイトの仕事だ。声をかけるのが義務であろう。相手がネトゲ廃人なら、絶対に黙って通りすぎたが……。

「いえ……その……」

美憂はますます困った顔をし、ふっくらした頬を少し赤くした。蛍光灯が煌々と灯った下なので、表情の変化がよくわかった。

「……なんでもありません」

「なんでもないことないでしょ。洗濯機が動かなくなったとか？」

「洗濯は……もう終わりました」

美憂は洗濯機の上に載せてあったエコバッグを肩にかけ、松葉杖をついて去っていった。

蓮は追いかけなかった。しばらくの間、その場から動けなかった。美憂はあきらかに困った顔をしていた。この場で起こる困った出来事といえば……困っていても口に出すのがはばかられる……。

すぐに見当がついた。

下着泥棒だ。

朝まで対策を考えた。

問題がデリケートなだけに、被害者がなにも言っていない状況で事を荒立てるのはよくないかもしれない。

しかし、放置しておけば被害が続く恐れもある。店長に報告すれば、どうにかしてくれるだろうか。だが、店長の肩書きはあっても大学を出たばかりといった雰囲気の頼りない男だし、この手の相談ができるほど人間関係も築けていない。女の子を庇(かば)うことで、下心を勘ぐられるのも嫌だ。

結局、たいしたアイデアが思い浮かばないまま午前七時になり、早番のバイトと交代になった。

それでも、なにも手を打たないのは癪だったので、近所のコインランドリーまでの地図を描き、美憂の席の扉に挟んでおいた。近所といっても、蓮の足で七、八分の距離だ。松葉杖の彼女にとっては……。

「あのう！」

店を出てエレベーターを待っていると、美憂が松葉杖をついて追いかけてきた。

「これ、あなたですよね？」

もみじのように小さな手に、蓮が描いた地図を持っている。

とぼけるのも面倒だったので、蓮は黙ってうなずいた。しかし、このおせっかいはかなりきわどいものだった。コインランドリーの場所を教えたということは、下着を盗まれたことに気づいているということだから……。

チン！　と音がしてエレベーターの扉が開いた。助かった、と蓮はそそくさと乗りこんだが、

「ありがとうございます」

美憂も乗りこんできて、一階のボタンを押した。扉が閉まってしまう。蓮は気まずくなった。美憂はこちらを見てニコニコ笑っている。ゴーレムの気持ちが少しわかった。こんなにも無邪気な笑顔を向けられたら、誰だって呆然と立ちすくむ。

「ちょっと遠いんだ、そのコインランドリー」

沈黙に耐えられず、蓮は自分から口を開いた。

「普通に歩いて七、八分。松葉杖ついてちゃ、ちょっときついかもしれない」

「大丈夫ですよ」

美憂の顔から笑みは消えない。

「松葉杖はもう慣れたし、七、八分なら全然」

「……そう」

エレベーターが一階に到着し、扉が開いた。蓮はおりた。美憂もだ。そのまま地下二階に戻ると思っていたのに。

「せっかくだから、案内してもらえませんか？　散歩がてら」

蓮はまぶしい朝日に眼を細めながら、美憂を見た。初対面のときはキョドっていたくせに、なぜ急に積極的に？　美憂は笑っている。とても楽しげだ。化粧っ気のない顔は、やはり太陽の下にいるほうが可愛く見えた。

「どうせ帰り道だし……」

蓮はボソッと言って歩きだした。美憂が隣に並ぶ。松葉杖の彼女が歩くと、ぴょこん、ぴょこん、と頭の位置が上下する。

ったコインランドリーがあるのはアキバの駅とは反対方向だが、帰り道というのは嘘ではなかった。蓮はいつも少し離れた地下鉄の蔵前駅まで歩いている。乗り換えがいらず、一本で帰れるからだ。それに、アキバの駅前はゴチャゴチャしているが、そちらは静まり返ったオフィス街なので、夜通し奈落の底に沈んで薄汚れた気分を洗い流せるという利点もある。

朝の空気は清々しい。

深夜は真夏を先取りしてうだるような暑さだけれど、この時間なら気温も湿度もそれほどでもなく、時折吹いてくる風が心地いい。朝日はさわやかに街を照らし、路上にはもう酒くさい酔っ払いの姿もない。

問題は会話の内容だった。

下着泥棒の件について、触れるべきか触れないべきか……。

悩むまでもなく、蓮には触れる勇気がなかった。美憂も黙っている。しかし、眼が合うと笑う。なにを考えているのかわからない。

「どうしてそんなことになったの？」

ギプスをした右足を指差して訊ねた。

返事はなかった。言いたくないらしい。どこかしらけたような横顔から、そんな雰囲気が伝わってくる。

「なんであのネカフェに来たのかな？」

別の質問をしてみると、

「ネットでたまたま見つけたんです」

今度は答えてくれた。

「俺が言うのもなんだけどさ、雰囲気よくないでしょ？　お金に余裕があるなら、他に移ったほうがいいんじゃ……」

「そういうところがよかったの」

「はっ？」

「あのネカフェ、すごく評判悪かったから、あえて選んだというか」

意味がわからなかった。

「居心地悪そーなところがよかった」

だからなぜ？

「自分でも変だなって思うけど」

美憂は笑っている。理由も言わず、楽しげに。

蓮もそれ以上訊ねなかった。訊ねたいことなら他にいくつもあったが、それ以上に、この状況に戸惑っていた。

蓮は訳あって、女の子があまり得意ではない。いや、はっきり言って苦手だ。二十一歳になるいままで、ひとりも彼女がいたことがない。女友達さえゼロだ。こんなふうに肩を並べて散歩するだけでも大事件で、おかしなことを口走らないか不安になってくる。

それでもなんとか、コインランドリーに辿りついた。オフィスビルの谷間でひっそりと営業しているそのコインランドリーは、ガラス張りのカフェのような造りで、清潔感もある。

待ち客もなくガランとしている中に、ふたりで入っていった。ネカフェにあるものよりも、ずっと立派で大型な洗濯機や乾燥機が並んでいた。松葉杖の美憂は少し疲れているようだった。ベンチがあるので、休んでいったほうがいいかもしれない。

「じゃあ、俺はここで」

蓮は立ち去ろうとしたが、

「待って」

美憂が自動販売機で缶コーヒーを買った。なぜ二本？

「どうぞ、お礼」

一本を蓮に渡すと、美憂はベンチに腰をおろした。どうやら、もう少しここにいなければならないようだった。蓮は缶コーヒーの礼を言って、隣に座った。話題を探したが、見つかりそうもない。

「さっきの話の続きをしていいですか？」

美憂が言った。

「えっ、ああ……」

蓮がうなずくと、美憂は横顔を向けたまま言った。

「居心地悪いところがよかった理由……ふたつあるんですけど……」

プルタブを引き、缶コーヒーをひと口飲む。蓮も飲んだ。砂糖もミルクも入っていないブラックだった。なぜ好みがわかったのだろう。超能力か？

「ひとつは、強くなりたいから。ハートが鍛えられそうでしょ？　ああいうところに一カ月もいたら」

美憂の大きな眼は遠くを見ていた。こちらの視線に気づき、笑いかけてくる。蓮もひきつった笑みを浮かべた。

「他にもっとマシな方法がありそうだけど……」

言ってみたものの、具体的なアイデアはなかった。美憂がなぜ強くなりたいのか、理由がわからなかったからだ。

「ふたつ目は、自分だけ快適なところで寝泊まりしたくなかったというか……」

何度か深呼吸してから、言葉を継いだ。

「お父さんがね、余命三カ月でホスピスに入ってるんです」

蓮は言葉を返せなかった。

「とってもお金がかかるホスピスに入っちゃったから、住んでたマンションを処分したんですけど、このタイミングで新しい家を探すのも……ちょっと……」

「……家族は？」

かすれた声で、おずおずと訊ねた。

「他に家族はいないの？」

美憂は再び遠い眼になり、

「家族どころか……」

ポツンと言って黙りこんだ。それからしばらくの間、彼女が口を開くことはなかった。

3

蓮がひとり暮らしをしているアパートは、荒川沿いにある。いわゆる海抜ゼロメートル地帯で、建物の目の前が土手だ。

アキバまで電車で二十分ほどなので、都心へのアクセスは悪くないが、川と河川敷以外になにもなく、とても東京の一角とは思えない長閑な景色がひろがっている。駅前に商店街さえなく、鉄道の高架下にコンビニや生鮮食品を扱う小さな店があるくらいなので、生活するのに便利とは言えない。

それでもここに住むことに決めたのは、たぶん生まれ育った場所と関係があるのだろう。いまは引っ越してしまったけれど、幼少期を過ごしたのは隅田川沿いに建つ古いマンションだった。そこからの眺めがとても気持ちよかった。

八階建ての八階で、ベランダから隅田川を一望できた。春になると川沿いの桜並木が満開に咲き誇り、上から見るとピンクの絨毯のようだった。その向こうに、花見客を乗せた屋形船がのんびりと行き来していた。

夏になれば花火大会だ。今年ももうすぐ開催されるだろうが、もう何年も行っていない。花火はひとりで見ても、面白くもなんともない。子供のころは、母と一緒に見ていた。母ひとり子ひとりで育ったので、母のことが大好きだった。だがいまは、なるべく顔を合わせないようにしている。

早朝のコインランドリーで美憂と長い話をした蓮は、自宅に戻ると迷いに迷ったすえ、母に電話をした。ずいぶんと久しぶりだったので、たっぷりと嫌味を言われた。電話を切ると仮眠をとり、夕方前に浅草に向かった。

一年前にひとり暮らしを始めてから、地元に戻るのは初めてだった。毎日バイトの行き帰りに地下鉄で通っているのに、気持ち的に遠い。

久しぶりに浅草から見上げる東京スカイツリーは、遠くから見るのと存在感がまるで違って、圧倒的な迫力があった。

ネカフェのあるアキバからも、アパートのある荒川沿いからも、スカイツリーは見える。煤けた下町にその巨大な白い塔が建っていく様子を、小学生の蓮は毎日ベランダから眺めていた。青空に突き刺さりそうな巨大クレーンが逆さになったバッタの脚みたいに開かれ、塔を建てていく様子は、まるで汎用人型決戦兵器でも造っているようだった。

向かった先は実家ではなく、母の職場だ。清野税理士事務所。駅から少し離れた商店街の中の、わりと立派なテナントビルに入っている。

祖父から母が引き継いだのだが、二代目はやり手だと評判らしい。実際、そうなのだろう。幼少期を過ごした隅田川沿いのマンションは築何十年かわからないボロだったが、いま住んでいるのは界隈でいちばん高層のタワーマンションだ。

「すいません、清野です。母と約束があるんですが……」

エントランスのインターフォンでアポがあることを告げ、三階にあがった。従業員は六、七人。顔を知らない若い女性が、応接室に通してくれた。

「……どうも」

蓮はおざなりな挨拶をして入っていった。応接室のソファに母が座っていた。くるり、くるり、と右手の親指の上でボールペンをまわしている。思わず舌打ちしたくなる。蓮の癖は、母から譲り受けたものだった。

まともに顔を合わせるのは、やはり一年ぶりということになる。ひとり暮らしを始めてすぐ、部屋を見せろと押しかけてこられ、それはどうしても嫌だったので、しかたなく近所の蕎麦屋に一緒に行って以来だ。

「いったい、なんなの？」

くるり、くるり、と母がペンをまわす。まわし方を見れば、不機嫌であることが伝わってくる。むしろ、伝えようとしているのかもしれない。まったく面倒くさい。普段から威圧感のある人だが、スーツ姿だとなおさらだ。いまどき流行らない、いかつい肩パッドが入っている。

「朝っぱらから電話してきて、滑谷さんと会わせてくれなんて。大人はね、あなたと違ってみんな忙しいの」

「まあまあ、いいじゃないか、紗英子ちゃん」

母の隣には、毛量の少ない白髪をオールバックに撫でつけた巨軀の老人が座っている。滑谷真二郎――浅草には靴メーカーが多いが、その中でも三本の指に入る会社の会長だ。すでに御年八十に近い。清野税理士事務所とは先代から付き合いがあり、やり手の二代目も彼にかかれば「ちゃん」づけだ。

「わしはもう隠居の身だから、暇でしようがないんだ。久しぶりに蓮くんの顔が見れて嬉しいよ」

滑谷にとって、母が娘の世代なら、蓮は孫の世代にあたる。子供のころからの付き合いで、昔は立派な日本家屋の自宅に母とふたりでよく招かれていた。

「わざわざすみません……」

蓮は頭をさげつつ、ソファに腰をおろした。

「ちょっと人助けをしようと思ってるんですけど、滑谷のじっちゃんなら顔が広いから、ご協力を……その……仰げないかなと思って……」

「なにが人助けよ」

母が吐き捨てるように言う。

「自分の面倒も見られないくせに、人のことかまってる余裕なんてあるの？　まったく、いつになったらきちんと就職してくれるのか……」

蓮は母を睨んだ。母は睨み返してきた。負けそうだったので、無視して話を進めることにする。

「じっちゃんの会社ってほら、よくCMを流してるでしょ？　人気の女優さんとか使ってさ。キャラウェイって制作会社に、ツテとかない？」

「キャラウェイ？　大手だね。うちのCMにも関わってたんじゃないかな」

よかった。この人はいつだって期待を裏切らない。

「広報に言えば、担当者に連絡がつくだろう。紹介するのはかまわないが……」

「もちろん、これから理由はきちんと説明するよ」

母を見た。

「席、はずしてもらっていい？」

「どうして？」

「関係ないでしょ」

「ここはわたしの事務所で、この場をセッティングしたのも、わ・た・し」

テコでも動きそうになかったので、蓮は話を進めることにした。

「実は……友達の父親が、余命三カ月の宣告を受けたんだ」

母と滑谷さんが、さっと眼を見合わせた。

「肝臓癌、全身に転移してて、いまはホスピスにいる。それで、友達は父親と付き合いのあった人たちに知らせたいらしいんだけど、お母さんはずいぶん前に亡くなってるし、お父さんは認知症もあるから、どこに連絡していいかわからなくて……とっても困ってるんだ。最後のお別れというか、お見舞いしたい人もいるかもしれないのに……友達はお父さんの外での人間関係を全然知らなくて、確実にわかっているのは、キャラウェイって会社でＣＭディレクターをしてたってことだけ。でもそれだって二十年くらい前の話でさ。辞めた後も映像関連の仕事をしてたらしいけど、詳しいことはやっぱりわからない。だから、キャラウェイって会社の人にあたってみれば、いろいろわかるんじゃないかと……思うんだけど……」

滑谷の表情が次第に険しくなっていったので、蓮は口ごもってしまった。

「俺、なんか変なこと言った？」

「いや、そうじゃない」

滑谷は咳払いをひとつしてから言った。

「でもね、蓮くん。余命幾ばくもなくて、認知症もあるなら、そっとしておいたほうがいいかもしれないよ」

隣で母が複雑そうな顔をする。滑谷は三年ほど前、生死に関わる心臓の大手術を受けていた。

「蓮くんのように若い子にはまだわからないだろうけど、わしのようにそろそろお迎えが近くなってくると……いろいろと考えさせられる。最後のお別れと言うけれども、誰が来たのかわからないような状態なら、元気なときの自分の姿を記憶しておいてほしいと、そういうふうに考える人だっているかもしれない」

「わかる、わかるよ……そういう気持ちは、俺にだって……」

蓮はあわてて言葉を継いだ。

「面会はもちろん、お父さんの病状次第だと思う。でも……でもね、友達にしてみればさ、なにも手を打たないでいるより、いろいろやってあげたいんじゃないかな。亡くなったときに後悔するのは、やっぱりつらいじゃない？」

そこまで美憂に頼まれたわけではなかった。というか、蓮は美憂になにも頼まれていない。

彼女が今朝、コインランドリーで話していたのは、父親が余命三カ月で、ホスピスに入っていて、親戚縁者とは縁が切れているし、自分は父の友人知人についてなにも知らないから途方に暮れている、ということだけだった。

たまたまCM関係者に繋がりそうな知りあいがいたから、独断で相談にやってきた。

美憂は言っていた。

「わたし、お父さんのことなにも知らなかったんだ、っていうのがすごくショックで……仲がいい友達どころか、仕事先も知らないなんて、わたしって、けっこう冷たいっていうか、ひどい娘だなあって……」

友達と言いきってしまうにはまだとても浅い関係だけれど、蓮と美憂には共通点があった。蓮は母ひとり子ひとりで、美憂は父ひとり子ひとり。ひとりしかいない親を亡くそうとしているとき、どれだけ不安で、どれだけ心細いか、想像するのは難しいことではなかった。

「ちょっといいかしら」

母が口を挟んできた。

「その友達って、女の子でしょ？」

蓮は無視して眼を合わせなかった。絶対に言われると思った。母は昔から超過保護体質で、とくに異性関係には口うるさい。おかげで蓮は、異性に対してひどく奥手で、接し方もよくわからないまま成人した。まったく頭にくるが、彼女と正面衝突するのは得策ではない。

「どうなの、蓮」

「男だよ。ネカフェで一緒にバイトしてるやつ」

見えみえの嘘だった。母もそう感じたらしく、鼻白んだ顔をしたが、「女だったらどうだっていうんだ」などと啖呵を切ったりしたら、すさまじい反撃に遭って、話どころではなくなってしまう。

「べつにすごく仲いいとか、親友って感じでもないんだけどさ、聞いちゃったからには放っておけなくて……そいつは母親を早くに亡くして、家族がその父親しかいないから……俺もほら、似たようなもんじゃない？　あっちはシングルファーザーで、こっちはシングルマザーだけど……俺だってそいつみたいな状況になったら、いろいろ心配すると思うんだよ、こう見えて」

母と滑谷が、再び眼を見合わせる。母がパッドでいからせている肩を悪戯（いたずら）っぽくすくめ、滑谷はまぶしげに眼を細めてこちらを見た。

「まあ、蓮くんがそこまで言うなら、協力させてもらうことにしよう。うちの広報部から、きみに連絡を入れさせる。ただまあ、くれぐれも慎重に行動したまえよ。病を得て、体が弱って、なるべく静かにこの世とお別れをしたいっていう人の気持ちも、わしにはよくわかるから……」

4

深夜バイトのいいところは、昼間の時間が自由に使えるところだ。

とはいえ、蓮はほぼ毎日、自宅アパートで寝ているか、スマホ片手にゴロゴロしているだけだった。太陽の下で汗を流すような趣味をもちたいと思わないこともないのだが、ひとりでできるスポーツには限りがある。マラソンはなにが面白いかわからないし、スケボーは怪我をしそうだし、サイクリングも難しい。ロードバイクの購入資金でもあれば話は別だが、荒川沿いの風の強さはハンパではなく、一度ママチャリで逆風に突っこんでいき、ペダルを踏めなくなって真横に倒れたことがある。

それはともかく。

蓮はその日、ＪＲ四ツ谷駅の改札で美憂と待ち合わせをしていた。

キャラウェイという会社を訪問するためだ。

柄にもないおせっかいを焼いてしまい、どう思われるのかすごく不安だったが、キャラウェイにツテができたことを報告すると、美憂はとても喜んでくれた。それはもう、礼を言われている蓮のほうが恐縮してしまうほどに。

「話してよかった。本当はね、あの後ちょっと後悔してたの。知りあったばかりの人に、あんまり楽しくない身の上話なんてしちゃって、迷惑だったろうなって……やだもう、わたし、泣きそう」

できれば一緒に行ってほしいと頼まれたので、蓮は快諾した。紹介した手前、そうしたほうがいいかもしれないという思いもあった。

キャラウェイとのアポは午後二時で、美憂との待ち合わせは一時五十分。蓮はその三十分前に到着した。さすがに早すぎる。改札前でぼんやり立っているのも退屈で、駅のまわりをぶらぶらしはじめた。

まわりの景色に、なんとも言えない緊張感を覚えた。

都会だなあ、と思ってしまう。駅の東側はアキバと同じ千代田区のはずだが、おたくの聖地はもっとカオスで、野放図な勢いがある。アキバにも神田川が流れているが、四谷の場合は皇居のお堀。土手があって桜並木がある景色は浅草に似ていなくもないけれど、何十倍も垢抜けていて、空気さえキラキラと輝いているように見える。

行き交う人々が垢抜けているのだ。パリッとしたスーツ姿のビジネスマンや、読者モデルと見まがうばかりに着飾った人とすれ違うと、意識の高さをまざまざと思い知らされるようで、身構えずにはいられない。

そしてそれ以上に緊張感を誘ったのが、制服姿の女子高生だった。このあたりは、お嬢さま学校も多いのだろう。夏服の白いセーラー服でも、チェックのスカートにハイソックスでも、なんだか特別感がある。蓮の通っていた下町の都立高校は私服通学だったので、制服の女子高生にはことさら憧れが強い。

「あれ、蓮くん？」

お堀にかかった橋にもたれ、遠目に女子高生の群れを眺めていると、声をかけられた。振り返ると、松葉杖をついた美憂が立っていた。

「まっ、待ち合わせは改札じゃなかったっけ……」

蓮は嫌な汗をかきながら言った。

「早く着いたから、ちょっと散歩してた」

「あっ、俺も一緒……」

「嘘」

「えっ？」

「蓮くん、女子高生に見とれてた」

「いっ、いやあ……」

苦笑する顔がこわばった。見逃してくれよ。

「まあね、うちの制服可愛いから、見とれてもおかしくないけど」

「うちの制服？」

「わたし、通ってたんだもん、あのチェックのスカートの学校に」

マジか？

「もう卒業して一年以上経つのね、懐かしいな」

「あそこって、お嬢さま学校じゃないの？」

「うん、そう。お父さんが見栄っ張りだから、幼稚園から入れられちゃって。うち、お金持ちってわけでもないのに」

蓮はつい無遠慮な視線を美憂に向けてしまった。真っ黒いショートボブで、化粧っ気はない。松葉杖をついている以上、Tシャツにショートパンツという格好からも逃れられない。さすがに今日は体操着カラーではなかったが、ピンクのTシャツではよけいに子供っぽかった。他の色はなかったのか？

「お嬢さま……学校ね……」

「なによ？　意外？」

申し訳ないが、うなずいてしまう。

「ま、そうかも。べつにいいけど」

「それじゃあ、きみってもしかして、大学生なの？」

その学校は女子大まであるはずなので、まさかのお嬢さまJD？　そうでなくても偏差値が高いだろうから、有名大学に籍があるとか。

「ううん、大学には行かなかった」

やはり、父親の病気のせいなのか……。

「ここ暑くない？」

美憂が歩きだしたので、蓮も続いた。お互い早く来すぎてしまったから、キャラウェイを訪問するには、まだ少し早かった。といっても、二十分くらいだ。店に入ってお茶をするほどでもなく、中途半端な感じが気まずい。

「あのさ」

「なあに？」

「いまはその、お父さんのことがあったり、足も怪我したりであれだけど、本当なら普段はなにやってるの？」

「パンッ！」

「へっ？」

「パン屋さん」

またもや意外なことを口にした。

「わたし、パンが好きなの。だからパン屋さんで働いている。まだバイトだけど、そのうち職人さんになるつもり」

パンが好きだからパン屋さん――なんだか、子供みたいな口ぶりである。もちろん、間違っているところはひとつもないが。

「好きなのは牛丼かと思ったけど……」

蓮がボソッと言うと、

「えっ？」

美憂が眼を丸くした。

「いや、ほら、うちの店に来た最初の日、牛丼屋にいるの見かけたから……」

美憂の顔がみるみる赤くなっていったので、蓮は失言を後悔した。美憂は赤くなった顔を伏せ、しどろもどろに言葉を継いだ。

「あのときは……すごくお腹が空いてたから……お昼からなんにも食べてなくて……パンが好きだからって、パンばっかり食べてるわけじゃないし……」

「そっ、そうだよね……牛丼がっつり食べたいときってあるもんね」

笑って誤魔化そうとしたが、無理だった。お嬢さま高校卒の十九歳がひとりで牛丼を食べているところを見られるのは、きっとすごく恥ずかしいことなのだ。しばらく気まずい空気が続いた。

「蓮くんは？」

気を取り直した美憂が訊ねてきた。

「夜中はネカフェで働いて、昼間はなにをやってるの？」

いや、なにも……と言おうとして、顔が熱くなった。暇すぎるバイトだけで日々をやり過ごし、昼間の時間も無為のまま浪費しているだけなんて、ネトゲ廃人以下の怠け者ぶりである。

　昼間は語学の勉強に精を出し、バイトは留学資金を貯めるためとか、もっともらしい理由があればよかったが、自分にはなにもない。怠けている自覚はあっても、どうにもやる気が出ないのだ。

　パンが好きだからパン屋さん、と言いきれる美憂が少し羨ましかった。

5

　大手ＣＭ制作会社だけあって、キャラウェイの社屋はとても立派なものだった。

　ロビーは三階分の吹き抜けになっていて、おまけに全面ガラス張り。夏の陽光を浴びた緑が、風で涼しげに揺れている。ソファもやけにふかふかしていて、会社というより、エグゼクティブ御用達のシティホテルのようだ。

「お待たせしました」

　スーツ姿の男が近づいてきたので、蓮と美憂は立ちあがった。

　名刺を渡される。笹沼敦士(ささぬまあつし)。肩書きは第一制作部部長。年は五十代半ばだろうか。不健康な太り方をして、顔色もあまりよくない人だった。

「どうぞ、座って」

笹沼は笑顔も見せずに言った。三人揃って、ソファに腰をおろした。笹沼が沈痛な面持ちなのは、滑谷の会社の広報部から事情が伝わっているせいだろう。

「志田さんの……」

笹沼の眼が、蓮と美憂を行き来した。

「娘です」

美憂が背筋を伸ばし、

「あっ、僕はただの付き添いで……」

蓮は所在なく背中を丸めた。

「末期癌だって？」

笹沼は美憂だけを見て言った。

「はい……余命三カ月と宣告されています」

「それはお気の毒に……」

ただでさえ重かった空気が、さらに重くなった。笹沼はせわしなく眼を動かし、吹き抜けの高い天井を何度か見上げてから言葉を継いだ。

「ただまあ、彼がこの会社にいたのは、もう二十年も前の話だからね。突然そう言われても、お見舞いとかそういうのは……僕は彼の三年後輩にあたるんだけど、退社してからまったく付き合いもなかったし……」

苦虫を嚙みつぶしたような顔をした笹沼は、どうやらこの面会を煩わしく思っているようだった。

たしかに、二十年間音信不通だった人間が末期癌だと言われても、反応に困るに違いない。もちろん、特別仲がよかったなら話は別だろうが、そういう雰囲気でもない。そして彼が出てきたということは、彼以上に美憂の父親と関わりの深い人間が、この会社にはいないのだ。

「あのう、すみません」

蓮は口を挟んだ。

「お見舞い云々（うんぬん）ではなく、彼女はお父さんの人間関係がわからなくて困ってるんです。この会社を退社したあと、なにをやっていたのかとか、どこに勤めてたとか、そういうことはわかりませんか？」

「志田さんは、たしかフリーに……いや、起業をしたんだったたか……」

笹沼はネクタイの食いこんだ太い首をしきりにひねった。

「まあ、ちょっと調べればわかると思うから、それを後でメールするってことでいいかい？名刺のアドレスに空メール入れてもらえる？　二、三日中には返信できると思う」

　笹沼はあからさまに話を早く打ち切ろうとしていた。大人げない態度だと糾弾する気にはなれなかった。次に繋がる情報を得ることができそうなので、美憂としても満足だろう。

　ところが。

「それじゃあこれで……」

　笹沼が腰をあげかけると、

「待ってください」

　美憂が身を乗りだして制した。その拍子に松葉杖が倒れてガラスのテーブルにぶつかり、ガタンと音がたった。美憂があまりに必死な形相をしているので、笹沼は驚いた顔をしている。もちろん、蓮も……。

「父について、なにか知ってることがあれば教えていただけませんか？　わたし、父が外でどんな人間だったのか全然知らなくて……こういう状況になって初めてそのことに気づいて……恥ずかしいなって、思ったから……」

　笹沼は困った顔をしている。

「どんな小さなことでもいいんです。たとえよくない話とかでも、わたしは、なんでも、聞いてみたい……」

「まいったな」

笹沼は苦笑すると、しばらく眼を泳がせて逡巡していた。

「正直に言うとね、この会社には志田さんをよく思ってる人間は、あんまりいないんだ。同期で役員になってる人間もいるけど、志田さんの名前を出しただけで黙って首を横に振られたよ。思いだしたくもないって感じで……まあ、途中で辞めた人間だからね。そういう扱いなのもしかたがないというか……」

「しかたがないこと、ないと思います」

美憂が食いさがる。

「そんなふうに嫌われてしまうってことは、なにか原因があったんですよね？」

笹沼は再び驚いた顔をしたが、その表情は次第に険しくなっていった。元から悪い顔色が、ますます土気色になっていく。

「お嬢さん、僕になにを言わせたいのかな？」

「べつになにも……わたしはなにも知らないから、知っていることを教えてほしいなって……」

笹沼は険しい表情のまま黙りこんだ。たっぷり一分以上、じっと美憂を睨んでいた。美憂も眼を離さなかった。蓮には彼女の強硬な態度が理解できず、固唾を呑んで見守っていることしかできない。

笹沼はふーっと太い息を吐きだすと、

「誰でも知ってる話だよ……」

諦めの浮かんだ表情で言った。

「当時の志田さんを知ってる人間にとっては、秘密の話でもなんでもない。だから言ってもかまわないが、お嬢さんにはちょっと耳が痛いよ」

「かまいません」

「じゃあ言うけど……志田さんは、女性関係のトラブルでこの会社を辞めたんだ。当時四十手前かな、ディレクターとして脂がのっていて、鬼才だの異能だのって業界中から注目を集めていた。キャラウェイに志田龍一ありって感じでね、同期の中ではいちばんの出世頭だったよ。時代もよかった。CMに携わってる人間がちやほやされてて……それで天狗になっちまったのかどうかわからないが、使ってたタレントに手を出したんだ。若いのに色気があって、いかにも奔放なタイプの子だったから、一方的に籠絡したってわけじゃないかもしれない。でも、志田さんの入れこみようは尋常じゃなかった……志田さんには妻子があったから、不倫、ってことになる。まあね、いまほど不倫が目くじら立てられる世の中じゃなかったから、陰でコソコソやってるぶんには、見逃してもらえたかもしれない。でも志田さんは……妻子を捨ててまで彼女と一緒になったんだ。暴走しすぎだよ。愚かな話さ……そんなトラブルを起こせば人として信用を失うし、仕事にも集中できなくなる。案の定、鬼才も鳴りをひそめて閑職送り、そして辞表さ……」

笹沼の口ぶりには、不倫の果てに身を持ち崩した男に対する、嫌悪感がにじんでいた。蔑みもあれば、内心で馬鹿にしているような感じもした。もちろん、間違ってはいない。不倫を賛美するほうがどうかしている。

しかし……。

蓮は鼓動を乱しながら美憂の様子をうかがっていた。

眼を見開き、歯を食いしばって、笹沼の話を聞いていた。いまにもあふれそうになる感情を、必死にこらえながら……。

その様子があまりに痛々しかったので、胸を締めつけられた。

笹沼の話が本当なら、美憂の母親は、父親の失脚の原因となったタレントということになる。捨てられたほうの子供である可能性もあるが、普通に考えれば再婚相手との子供だろう。不倫の果てに結ばれた、決して祝福されることのないふたりの間に生まれた……。

駅に向かう途中にファミリーレストランがあったので入った。蓮が誘った。とてもじゃないが、そのまま電車に乗るような気分にはなれなかった。

美憂はすっかり意気消沈していた。笹沼の前では感情を露わにするのをこらえていたが、キャラウェイの社屋を出るなりみるみる青ざめて、そのまま卒倒してしまうのではないかと思ったくらいだ。

お互いに黙っていた。蓮の前にはホットコーヒー、美憂の前にはアイスミルクティー。ふたりともおずおずとそれを飲む。向きあって席についたところで、蓮はなにを話していいかわからず、視線を合わせることさえできない。

それにしても……。

あの笹沼という男は、いったいどういう神経をしているのだろう？

なるほど、なんでもいいから父について話をしてほしいと迫ったのは美憂のほうだ。その必死さには蓮も驚かされたけれど、あえてあんな話をする意味がわからない。事実をしゃべれば、目の前の女の子が傷つくことなど容易に想像がつくではないか。おまけに、美憂の母親はとっくに亡くなっている。死んだ人のことを悪く言うだけでも失礼なのに、上から目線で偉そうなことばかり……。

「そんなに怖い顔しないで」

美憂が小さく言った。

「わたしなら大丈夫。話を聞けて、よかったと思ってる。だから、ありがとう。蓮くんのおかげで、あの人に会うことができた……」

蓮はどういう顔をしていいかわからなかった。礼を言われても、逆に胸をえぐられる思いがした。自分さえよけいなおせっかいを焼かなければ、美憂が笹沼に会うことはなく、聞きたくもない話を聞かずにすんだのである。

「あのさ……」

傷ついた彼女を励ましてやりたい一心で、言葉を継いだ。

「こんなこと言っても慰めになるかどうかわからないけど……実はうちも似たような家庭環境なんだよね。母ひとり子ひとりっていうのは前に言ったと思うけど、離婚の原因は親父の浮気。しょーもない話さ。浮気なんて、するほうが悪いに決まってるけど、されるほうにだって原因があると思う。正直に言えば、俺、父親の気持ちがちょっとだけわかるんだ。母親を見ていると、この人と一緒に暮らすのきついだろうなーって、ハハハ……」

蓮は笑ってみせたが、美憂は釣られて笑わなかった。むしろ、眉をひそめている。ドン引きされてしまったか？

「いや、あのね、うちの母親のことなんてどうだっていいんだ。そういうことが言いたかったわけじゃなくて、なんていうかな……過去に振りまわされて生きるのなんてつまらないし、エネルギーの無駄遣いだと思うんだよね。ましてや、生まれる前のことなんて、気にしたところでしょうがなくね？　大事なのは黒歴史より、未来への希望っていうか……」

美憂は黙ってこちらを見つめていた。さっきから、まったく瞬きをしていないような気がする。そのせいか、黒い瞳が潤んでいる。泣かれたらどうしようと、蓮は急に怖くなった。

やはり自分には、傷ついた女の子を励ますことなんて無理だったのだ。最初からわかっていたはずだった。どうしてそんな大それたことをしようと思ってしまったのだろう？

「ねえ、蓮くん……」

美憂はひどくかしこまった声で、こちらをまっすぐ見ながら言った。

「蓮くんの未来への希望って、なに？」

蓮は今度こそ完全に言葉を返せなくなった。自分がどれほど浅はかで、口先だけの人間か、思い知らされた。

未来への希望……。

たしかに、そんなものはもちあわせていないし、手に入る予定もない。

6

パラパラ漫画に描くのは、最近もっぱらショートボブの女の子ばかりになった。それどころか、体操着姿で松葉杖までついて、ぴょこん、ぴょこん、と頭を上下させて歩いていた。それはもはや単なるアニメ顔の天使というだけではなく、すっかり美憂だった。

　誰かに見られたら人前でパンツを脱ぐより恥ずかしい思いをしそうだったし、万が一、美憂本人に見つかったりしたら、スカイツリーのてっぺんからダイブしたくなるに違いない。

　それでも描くのをやめられず、描いていないと落ち着かなかった。その古雑誌を通常通り資源ゴミに出すと誰かに見つかるかもしれないので、わざわざ家に持ち帰り、パラパラの部分をハサミで細切りにしてから捨てた。猛烈に面倒くさかったが、しかたがない。一度、店から持ちだした古雑誌をコンビニのゴミ箱に捨てて帰ったことがあるが、その日は気になって眠れなかった。古雑誌を拾っているホームレスに見られるのが嫌だったのである。

　古雑誌にサインペンを走らせても、蓮は店内の様子が気になってしようがなかった。いつになく不穏な空気が漂っていた。

　深夜二時、いつもなら誰もが個室に閉じこもっている時間なのに、人影がやたらと眼につく。ひとり、またひとりと現れたネトゲ廃人が、ゾンビのように徘徊している。ゴーレムよ、おまえはいったいなにをしている？

　美憂が個室から出てきているからだった。ゴーレムは漫画を物色するふりをして、横眼で美憂をじっと見つめている。メガネの奥の細い眼は獲物を狙う蛇のように異様な光と熱を帯び、そのうちピンク色のビームでも出しそうだった。日に日に変質者っぽさを増していくばかりで、正視に堪えない。いい加減にしないと、今度グラビア泥棒をしたときに泣かせるぞ。

「未来に気をとられすぎていると……」

てっちゃんが本から顔をあげ、虚空を見つめて言った。

「ありのままの現在が見えなくなる……だけではなく、しばしば過去を捏造することになる……」

カオスだな、と溜息をつきたくなったところで、スマートフォンが着信音を鳴らした。

美憂からのＬＩＮＥだった。

さりげなく店内を見まわすと、雑誌の棚に寄りかかっている彼女の姿が見えた。「可愛くリッチな夏コーデ」だの「バラ色のおしゃれ人生」だのと書かれた華やかな女性ファッション誌の隣で、うつむいてスマホをいじっていた。

――笹沼さんから連絡きた。

込みいった用件なので、顔が見えるところにいるのにＬＩＮＥを送ってきたらしい。もっとも、ネカフェは基本的におしゃべり禁止なので、外に出ないと話はできないのだが。

――お父さんがキャラウェイ辞めてから、なにしてたかわかった。お父さんと会社を共同経営してたって人と、会うことができそう。

会うんだ……。

蓮の気分は一気にどんよりと暗くなった。笹沼というのは、本当に訳のわからない男だった。あれだけ煩わしそうにしていたのだから、わざわざ関係者を探して美憂に繋がなくてもいいではないか。調べたけどわからなかったで問題ないではないか。よけいなことを吹きこんだ、罪滅ぼしのつもりなのか。

——メールで用件だけ伝えればいいんじゃない？

蓮はＬＩＮＥを送信した。さらにもう一文。

——お父さんのお見舞いに来る意思があるかないか、それだけ確認すれば？　わざわざ会わなくても……。

会えばまた、聞かなくてもいいような話を聞かされることになるかもしれない。いや、絶対そうだ。

——ありがとう。蓮くんの気持ちは嬉しい。でもごめん。わたし、どうしても会っておきたいの。

——それって、もはやお父さんのお見舞いが目的じゃないでしょ？

——そうかもしれない。

だったら、よけいにやめたほうがいい……。

字を打ちこんだものの、蓮は送信はできなかった。とめられない事情を、この前、聞いてしまったのだ。

「わたし、お母さんの顔、知らないんだよね……」

四谷のファミレスで、美憂は長い溜息をついて言った。

「物心つく前に亡くなっちゃったって聞かされただけで、写真一枚見たことがない。どういう人だったのかも、全然……わたしがお母さんの話をすると、世界の終わりみたいな顔になるから……子供心にも、お父さん、目の前の人を傷つけてまで聞きだしたいとは思わなかった。いつかはちゃんと話してくれるって、信じてたところもあるし。でも、このままお父さんまで亡くなっちゃったら……わたし、お母さんについてなにも知らないままになっちゃう……会ってるはずなのよ。わたしはたしかに、この眼でお母さんを見ているはずだし、抱っこだってされただろうし……でも……どうしても思いだせない……」

話を聞くほどに、蓮の胸は苦しくなっていった。二歳や三歳の記憶など、思いだそうとしても思いだせるわけがない。それを必死に思いだそうとしている、美憂の気持ちがせつなすぎる。

いまの状況が、死に別れた母について知ることができる最後のチャンス、と彼女は考えているようだった。余命三カ月という口実があれば、父親の知りあいに会いにいくことも不自然ではない。様々な事実があきらかになり、それを父親にぶつければ、本人にしかわからないなにかを教えてもらえるかもしれない。

しかし、その母親は不倫で略奪婚の人なのである。CMに出るようなタレントだったらしいから、容姿はさぞや美しいのだろうが、なかなかの魔性ぶりである。母親について事実を知れば知るほど、健気(けなげ)でいじらしい美憂は傷つき、深く落ちこむに決まっている。

そうであるなら、知る必要はないのではなかろうか。蓮自身、母を裏切って出ていった父親のことなど、すっかり忘れて暮らしている。離婚したときの取り決めで、小学校三年生くらいまでは月に一回会っていたが、父が再婚したことと、地方に転勤になったのを機に、まったく会わなくなってしまった。

淋しいとは思わなかった。むしろ、父と面談する日の母はちょっとしたことでキレるし、父と過ごす時間も気まずいものだったから、解放されてせいせいした。母が話してくれないので、父がどういう人だったのか、蓮はいまでもよくわからない。ただ、わからないことに不満もない。

もしかしたら、自分は情の薄い、心の冷たい人間なのかもしれなかった。だが実際問題、両親の黒歴史を知ったところで、現実の生きづらさが解消されることはなく、ただ気分がどんよりと沈みこむだけだ。

そういう考えを、美憂に押しつけるつもりはない。だが、美憂が傷ついているところを見るのはつらい。そうでなくても、父親の死が目前に迫っている状況なのだから、ストレスフルな心をいたわってやったほうがいいのに……。

――いつ会うの？

ＬＩＮＥを返した。

――出張中らしくて、一週間後とかになりそうだけど。

――そっか……。

今度は蓮が付き添いで行くことはないだろう。キャラウェイのときは仲介者だったが、もう違う。

華やかな女性雑誌の棚にもたれていた美憂は、こちらをチラリと見ると、少し淋しげな笑顔を残して自分の個室席に戻っていった。美憂がいなくなると、徘徊していたネトゲ廃人たちまで潮が引くようにいっせいに姿を消したので、舌打ちしたくなった。

時刻は午前三時を過ぎていた。美憂はきっと眠れないに違いない。いくら覚悟を決めていても、これから知ることになる両親の過去を考えれば、瞼を閉じても眠れるわけがない。彼女の母親は不倫で略奪婚、おまけに若くして亡くなっているのだ。これからめくられるカードに、不吉な予感しか漂っていないではないか。

こんな状況で、自分にできるせめてもの慰めがあるとしたら……。

悩みに悩んだすえ、蓮は生き恥をさらすことにした。

パラパラ漫画を描いた古雑誌を持って、美憂の席に向かった。死ぬほど恥ずかしいが、これを見せれば美憂だってちょっとは笑ってくれるだろう。下手だし、おたくっぽくてキモいし。こんな形でしか笑いがとれない自分に絶望しそうになるが、なにもしないよりはいい。あんなＬＩＮＥのやりとりをしたあと、ネカフェの個室に放置しておくのは可哀相だ。

長期利用者の席が集まっている「この世の果て」に足を踏み入れると、パチン、パチン、と爪を切る音が聞こえてきた。いびきもすごく、まるでウシガエルの輪唱だった。いつものことだが、ネカフェの住人が露わにしている剝きだしの生活感に、やりきれない気分になる。

続いて、ガン、ガン、と壁を叩く音がした。それほど大きな音ではなかったし、寝相の悪い酔っ払いが壁にぶつかるのはよくあることだが、それとは質の違う、もっと切実ななにかを感じた。

視界が覚束(おぼつか)ない暗がりの中、眼を凝らして奥へ進んでいった。あきらかにいつもと空気が違った。闇よりも暗いオーラ——殺気のようなものが漂ってくる。

蓮は暴れだした心臓をなだめながら、耳をすました。ゾクゾクッと背筋に悪寒が這いあがっていった。ガン、ガン、という音の震源地は、美憂の個室席だった。

「おい、大丈夫か？」

ノックもしないでいきなり開けた。マナーに反する、衝動的な行動だった。美憂は男に組みつかれていた。あお向けで羽交い締めにされ、口を塞がれている。壁を蹴っていたのは、ギプスをした右足だった。

「なにやってんだっ！」

蓮は叫び、美憂の口を塞いでいる男の手をつかんだ。そのまま力まかせに引っぱり、美憂から引きはがす。美憂が悲鳴をあげる。映画のカットが切り替わったように、修羅場が訪れた。男は激しく抵抗したが、個室の外の廊下までなんとか引っぱりだした。

「あんた、なにやってるかわかってんのか？」

暗くて顔もよくわからないまま、蓮は男の胸ぐらをつかんだ。

「うるせえっ！」

男は逆ギレを起こし、反撃してきた。手加減のない頭突きを鼻に受け、蓮は膝から崩れ落ちた。気絶しそうな痛みが顔の中心に棒杭（ぼうぐい）のように打ちこまれ、押さえるとヌルヌルした血の感触がした。立ちあがることもできないまま、今度はみぞおちを蹴りあげられて咳きこんだ。うずくまった体勢になっている蓮に対し、男はなおも容赦なくキックの連打を浴びせてくる。肋骨が軋み、内臓が悲鳴をあげる。

まさかこんなところで殺されるのか……。

死の恐怖がリアルに襲いかかってきたところで、誰かがとめに入ってくれたようだ。キックの連打がやみ、すぐ側でつかみあいが始まった。人が集まってくる気配がした。それでも、助かった、と安堵するより暴力を受けたショックのほうがはるかに大きく、蓮はうずくまったまま顔をあげることができなかった。騒然とする暗闇の中、蓮はひとり、鼻から盛大に血を流しながら小刻みに震えつづけていた。

第二章　土砂降りの再会

1

まったくひどい目に遭った。

美憂を暴行しようとした犯人は、駆けつけた警官によって逮捕された。派遣切りにあってアパートも追いだされた四十代後半の男だった。自暴自棄になっていたようだが、同情の余地はない。彼の席からは女物の下着が数点発見され、美憂がそれを自分のものだと証言したことから、彼の罪状は、暴行未遂、傷害、さらに窃盗も加わった。しばらく娑婆（しゃば）には出てこられないだろう。

はからずも下着泥棒まで捕まって、店の治安は回復されることになりそうだったが、事態は思わぬ展開を見せる。

蓮は深夜、救急車で病院に運びこまれたのだが、派手に血を流したわりには、鼻の骨は折れていなかったし、肋骨や内臓も無事だった。無事だとわかるまで、レントゲン、超音波、CT検査などに時間をとられ、解放されたのは翌日の正午に近かった。

ようやく帰れると安堵したのも束の間、店から呼びだされてしかたなく戻った。オーナーが事情を確認しに、店にやってきているらしい。

現場検証の痕跡が残っている物々しい雰囲気の中、事務所に顔を出すと、昼番のバイトが数名と、てっちゃんや店長までが揃っていた。

「ずいぶんと派手にやられたなあ」

蓮の顔を見て眉をひそめたオーナーは、不自然なほど黒く日焼けした顔に不自然なほど白い歯を光らせている三十代の男だった。まだ若いのに、サウナやレストランを多角経営しているやり手の実業家という噂だが、蓮はそのとき初めて会った。バイトの採用面接さえ、彼の会社の管理部門の人が担当だった。そんな雲の上の人が突然現れて、ある大きな決断をくだした。美憂に長期利用コースを解約させよと言いだしたのである。

「もちろん、彼女に落ち度はない。十八歳未満じゃないし、ルールを破ったわけでもない。ただ、うちみたいな客層の店に、若い女の子が毎日泊まってるのは、やっぱり……聞いた話じゃ、いつも手脚を出した格好をしてるんだろう？　わかってる。松葉杖ついてるから、そういう格好をしてるってことは百も承知だ。しかしね、犯人の肩をもつわけじゃないが、露出度の高い女の子が暗がりでうろうろしていると、男っていうのはムラムラしてくる生き物だから……料金は日割りで計算して精算させてもらおう。それ以外に、多少の見舞金もつける。それで出ていってもらうしかない。酔っ払いが騒ぐくらいならともかく、暴行未遂なんて二度とごめんだ。店の存続に関わるよ」

今後も若い女が深夜にひとりでやってきたらやんわり断れ、とオーナーは言った。

「あ、ブスはいいよ、ブスは。おたくっぽいメガネのデブとかはね」

オーナーは声をあげて笑ったが、他には誰も笑わなかった。その場にいたのは、まともな社会人とはとても言えない残念な連中ばかりだった。みなコンプレックスの塊で、差別されるつらさをよく知っている。

「闇は闇を追いだせない……」

オーナーが事務所から出ていくと、てっちゃんが虚空を見つめてつぶやいた。

「光だけが闇を追いだせる……」

蓮はその格言を知っていた。以前てっちゃんがつぶやいたとき、ちょっといいなと思ってググってみたのだ。黒人差別と戦った公民権運動の指導者、キング牧師の言葉である。

偉そうなことをつぶやいているが、てっちゃんは蓮が暴行魔にボコられていてもまごまごしているばかりで、一一〇番さえしなかったという。警察に通報したのは、蓮の流血に驚いた客だった。なにも期待していなかったとはいえ、もう少ししっかりしてほしい。

てっちゃんが頼りにならないのはある意味想定内だったが、想定外の事実も知らされた。蓮を助けてくれたのがゴーレムだったと聞いて、本当に驚いた。喧嘩をするようなタイプにはまったく見えないのに、奇声をあげて大暴れし、暴行魔が気絶するまで殴りつづけたという。

恐ろしい男だった。彼が助けたかったのが蓮だったのか美憂だったのか、考えるとよけいに怖くなったが、とにかく今後グラビア泥棒を発見しても、ねちねちいじめるのは絶対にやめようと思った。


バイトはしばらく休みになった。

鼻の骨が折れていなかったとはいえ、紫色に腫れあがって人前に出られる状態ではなかった。顔の真ん中に包帯を巻いた姿は、かなり間抜けで鏡を見るたびに深い溜息がもれた。

――こんにちは。いまどこにいますか？

美憂からＬＩＮＥが入った。ネカフェを出ていくと聞かされていた日の、正午過ぎだった。

――家。

ぶっきらぼうに返信しても、蓮は内心で小躍りしていた。もしかしたらこのまま彼女との関係が切れてしまうのではないか、と気を揉んでいたからである。

——お見舞いに行っていいですか？

——いいよ、わざわざ。

——でも、わたしのために怪我したんだし。

——顔に包帯巻いてて、格好悪いんだ。

——だからお見舞いにいくんじゃないですか。

それもそうかと思い直した。蓮は蓮で、彼女に話したいことがあった。ネカフェを出てホテルに滞在するなり、アパートを借りることには賛成だったが、美憂とは今後も会いたかった。

これから先の彼女のことが心配だったし、生まれて初めてできた女友達でもある。友達かどうかは微妙なところだが、とにかくこれほど距離が近づいた異性は他にいない。できればこの関係を維持しておきたい。

住所をＬＩＮＥで送ると、三十分ほどでやってきた。玄関を開けると、息がはずんでいた。蓮の部屋は四階建ての四階で、エレベーターはない。松葉杖の彼女に、悪いことをしたかもしれない。

る。

「お邪魔しまーす」

美憂はキョロキョロしながら部屋にあがってきた。好奇心を隠しきれない眼つきをしている。

男のひとり暮らしでも、蓮はきれいに住んでいた。見られて困るものはない。掃除も整理整頓も嫌いではないし、そもそも家具の類いが極端に少ないのだ。ダイニングキッチンには食事用のテーブルセットくらいしかないし、寝室にはベッドがあるだけ。衣服をはじめとした持ち物はすべて、造りつけのクローゼットに収まっている。三十平米ちょっとでも、ダイニングと寝室を仕切る引き戸を開けておけば、けっこう広く見える。窓を開け放てば、もっと素晴らしい開放感が味わえる。

「すごい眺め！」

美憂は窓から身を乗りだして声を跳ねあげた。蓮の住むアパートは、荒川の土手が目の前にある。よって、四階からは広々とした河川敷の景色を見渡せる。買い物がかなり不便でも、東京らしからぬ僻地感が漂っていても、この眺望に魅せられて、蓮はここに住むことに決めたのだった。

「でも、ずいぶん殺風景ですね。物がなにもないというか……」

美憂が部屋を見まわしてつまらなそうに言い、

「そう？　まあ、そうかも」

蓮は包帯の下で苦笑してから、「座って」と椅子をすすめた。

「あっ、これお見舞いです」

椅子に腰をおろした美憂は、リュックから缶コーヒーを二本取りだした。一瞬、呆気にとられた。体を張って暴行魔から助けた人間に対して、ずいぶんとささやかすぎるお見舞いではないか。

「ちなみに、これは前菜みたいなものですから。メインはちゃんとあとで渡します」

「いいよべつに……」

物欲しげな顔をしていたのだろうか、と蓮は急に恥ずかしくなった。

お互いにプルタブを引き、缶コーヒーを飲む。

「鼻、痛くないですか？」

美憂が心配そうに顔をのぞきこんできた。

「……大丈夫」

薬を飲まなければ死ぬほど痛いに違いないと、見ればわかると思うが。

「バイトも休まないといけないんでしょう？」

「オーナーが、俺にも見舞金出してくれるみたいだし……」

怪我をしたおかげで、心配事がひとつ減ったからよしとしよう。どんな事情であれ、美憂があのネカフェから出ていくのはいいことだ。

「喧嘩、弱いんですね」

美憂がクスクス笑いながら言った。

「……まったく情けない」

「そんなことありませんよ、好感もてます」

美憂を見た。眼を見合わせて笑った。あまり笑うと、腫れた鼻が痛む。

「もうネカフェは出たの？」

「はい」

「とにかくまあ、もう少しまともなところに泊まったほうがいいと思うよ。ホテルとか、ウイークリーマンションとか」

美憂は笑うのをやめて大きな黒眼をくるりとまわすと、

「ここに泊めてもらっちゃダメですか？」

無邪気な顔で訊ねてきた。

「……はっ？」

蓮は思わず二度見してしまった。

「それは……どういう冗談？」

「冗談じゃありません」

「男のひとり暮らしなんだけど……」

「でも、見たところスペースは充分。ダイニングと寝室でふた部屋あるし」

「そりゃそうだけど……」

「蓮くんの鼻が治って、わたしのギプスもとれれば、生活サイクルがちょうどよくなると思うんですよね。蓮くんは夜のバイト、わたしは昼のバイト、顔合わせるのはちょっとだけ」

「わかった。ホテルを探すの手伝うよ」

「ホテル苦手なんですよ。おばけが出そうで」

ネカフェにはおばけより怖いのがうじゃうじゃいただろう、と蓮は絶句した。助けてもらっておいてこう言うのもなんだけれど、ゴーレムなんて幽霊だって悲鳴をあげて逃げだしそうではないか。

「っていうか、他に友達いないの？　お嬢さま学校に通ってたなら、豪邸に住んでるご学友のひとりやふたり……いるんじゃ……ないのかな……」

蓮の声は尻すぼみに小さくなっていった。美憂の顔がみるみる暗くなっていったからだ。

失言したのかもしれなかった。幼稚園から高校まで一貫教育を受けながら、大学に進学しなかった美憂である。かつての級友と顔を合わせづらいのかもしれない。

「なにも俺んところじゃなくても……いいんじゃないかなあ……」

頭をかきながら溜息まじりに言うと、

「だって、蓮くんなら絶対に襲いかかってきたりしないし」

美憂が妙にきっぱりと言いきったので、カチンときた。異性が苦手なのを見透かされたような気がしたのだ。

「なんだよ、それ。証拠でもあるわけ？　ひとつ屋根の下で暮らしてれば、ムラムラしてくるのが男って生き物なの。ムラムラしたら襲いかかっちゃうかもしれないの」

「そんなことないです。証拠ありますから」

美憂はリュックからなにかを取りだした。十センチ四方くらいの、分厚いメモ帳だった。

「うちのお父さん、絵がとってもうまいんですよ。絵っていうか漫画？　ＣＭの絵コンテ描いているうちに、うまくなったらしいんですが……」

美憂がメモ帳を素早くめくると、描かれた女の子が動きだした。パラパラ漫画だった。それも、公募の漫画賞なら軽く入選できそうな画力で描かれていて、動きもなめらかだ。女の子がスキップする。ケンケンパをする。縄跳びをする。カメラワークのような細工までしてあり、曲がりくねった滑り台を猛スピードで滑りおりていくと、空に飛びたって街を見下ろした。もはやアートのような風格さえ漂っている。

「これ、子供のころのわたしがモデルなんですけどね」

見ればわかる。猫のように大きな眼とか、ふっくらした頬とか、顔の特徴はいまとあまり変わらない。

「わたし、お父さんにとっても可愛がられて育ったんです。子供のころはとくに……外でいろいろあったとしても、わたしにはとってもやさしかった。ごはんのときお茶碗ひっくり返してもぶたれたりしなかったし、怒鳴られたことだって一度もない。失敗しても、いつも笑顔で許してくれた。わたしはそんなお父さんが大好きだった。たとえばですけど、世界中が全部わたしの敵になったとしても、お父さんだけはわたしの味方をしてくれる……そんなふうに思えたから……」

美憂の声には特徴がある。声に揺らぎがあるというか、常に震えているような感じがする。淡々と話していても、聞く者の心まで震わせるような情感があるので、つい聞き入ってしまったが、

「あのさ……」

蓮は鼻白んだ顔で口を挟んだ。

「いまの長ーい話と、この部屋に泊まるって話が、いったいどこで繋がるわけ？」

「ええっ？　シラを切るんですか？」

　美憂はニッと口角をもちあげて笑うと、

「これは誰が描いたのかな？」

　リュックから古い雑誌を取りだした。表紙にネカフェのシールが貼ってあるから、その出所は一瞬で察しがついた。途端に冷たい汗が噴きだしてきた。美憂が古雑誌をめくりはじめると、蓮は叫び声をあげそうになった。

「このパラパラ漫画、お父さんよりずっと下手だけど、わたしの特徴はとらえてますね。松葉杖ってアイテムが決定的かしら。ねえ蓮くん、これ誰が描いたのかな？　なんでかネカフェのわたしの席にあったけど、誰の作品かな？」

「ううう っ……」

　蓮は唸った。身までよじっていた。鏡を見ればきっと、包帯を巻かれた顔を茹でたように真っ赤にしている、滑稽な自分と対面できただろう。

「こういうの描く人って、きっとわたしを大事にしてくれるはずなんだけど、蓮くんどう思う？　ぶったり、怒鳴ったりしないし、世界中が全部敵になっても、絶対にわたしの味方をしてくれるの。悪いやつが襲いかかってきたら、喧嘩が弱いくせに守ってくれちゃって……ねえ蓮くん、そうじゃない？　わたしの見立て、間違ってるかな？」

執拗に古雑誌をめくっては、蓮の顔をのぞきこんでくる。とんでもない羞恥プレイに、蓮は身をよじるのをやめられなかった。先に父親の完成度の高いパラパラ漫画を見せられたのが効果的だった。蓮の描いたものは、下手なぶんだけ感情がダダ漏れで、恥ずかしさを倍増させる。

「わたし、ここに泊まってもいいよね？」

「わかったから、返して」

蓮は美憂の手から古雑誌を取りあげた。それが精いっぱいの抵抗だった。どうやら、これが彼女のお見舞いのメインだったらしい。彼女がこのパラパラ漫画を発見したところを想像すると、しばらくの間まともに顔を見られそうになかった。

2

顔の包帯は三日でとれた。

まだ多少腫れが残っていたが、夏が本格的に到来し、日増しに暑くなっていく中、顔に包帯を巻いているのは苦行以外のなにものでもなかった。

偶然だが、美憂もその日、病院でギプスをとってもらうことになっていた。病院から帰ってくるのを待つ間、蓮は自転車に乗ってちょっと遠いが品揃えはいいスーパーまで買い物に出かけた。美憂は料理に苦手意識があるらしいが、蓮は実家にいるときからよくやっていたので、ネットのレシピを頼りにすれば、たいていのものはつくることができる。

帰宅して玄関扉を開けると、赤玉の風鈴が、りん、と鳴って迎えてくれた。よほどこの部屋が殺風景に見えたらしく、美憂が買ってきた。しかし、風鈴はクーラーのない時代に涼をとるためのものである。閉めきった窓の前にぶらさげても、風がないから音は鳴らない。

「やだもう。わたし馬鹿だね。そんなことも気づかないで、可愛いからつい買ってきちゃった」

美憂はしょげていたが、蓮もその赤玉の風鈴が気に入ったので、玄関にぶらさげた。扉を開けて風が入れば、りん、と鳴る。

共同生活は意外なほどうまくいっていた。

お互いひとり親家庭で育ったせいかもしれない。家族でにぎやかに過ごす時間を知らず、干渉したりされたりするのは苦手なほうで、そのかわりひとりで放っておかれても平気だ。

兄妹っぽいかもと、ちょっと思ったりした。ダメな兄貴と、健気で繊細で可愛い妹……。

ダメな兄貴でも、見せ場はきっちり用意されている。料理もつくってやれるし、掃除だって足を怪我している人にはまかせられない。美憂がいちいち感心してくれるので、やり甲斐があった。彼女が転がりこんできてくれたおかげで、蓮のほうこそ自分の居場所を見つけたような、そんな気がしていた。

「……ただいま」

美憂が帰ってきた。予告通り右足のギプスはとれていたが、まだ杖をついていた。松葉杖ではなく、スチール製の一本杖だ。いままでギプスをしていた部分は皮膚の色が悪く、痛々しく見える。いや、それよりも……。

「どうしたの？」

眼が赤く充血し、瞼が腫れていた。あきらかに泣き腫らした顔だった。

「えっ？　なにが……」

「その顔」

「リハビリが、ちょっとね……」

美憂は気怠げに部屋にあがってくると、椅子に座ってふうっと息をついた。

「ジャグジーみたいのに足入れてマッサージしてもらうんだけど、それがもう痛くて痛くて……」

耐えきれず大泣きしてしまった、ということらしい。

蓮はてっきり、ギプスがとれればそのまま元気に歩きだせると思っていたのだが、そんなに簡単なものではないようだった。たしかに、ずっとギプスで固定されていたのだから、筋肉が痩せ細ったうえに固まって、すっかり元に戻るまでには時間がかかって当然かもしれない。

「いまごはんにするから」

全快祝いのつもりだったので、ちょっとだけ豪華なメニューを用意してあった。ほうれん草とベーコンのパスタ、バターソース味。じゃがいもの入ったスパニッシュオムレツ。そして、夏野菜がたっぷり入ったトマトスープ。

「いただきます」

美憂はフォークで丁寧にパスタを巻いて頬張った。リスのようにもぐもぐと口を動かしているのは可愛かったが、表情が次第に悲痛に歪(ゆが)んでいく。咀嚼(そしゃく)するとギプスをとった足に響くのだろうか。そんなことはないと思うが……。

「べっこり」

「はっ？」

「べっこりへこむ。蓮くん、どうしてこんなに料理が上手なの」

「たいしたことないと思うけど……」

「蓮くんのごはん食べるたびに、わたしってなんなんだろうって思っちゃう。女のくせに……」

「男とか女とか関係ないと思うけど……」

蓮もパスタを食べ、スープを口に運んだ。美憂には謙遜したけれど、どちらも我ながらいい出来だった。ただ、自分ひとりなら、もっと手を抜く。副菜なんてつけないし、市販のパスタソースを使い、インスタントのスープで済ませることが大半だ。

美憂がいるから、彼女の喜んだ顔が見たいから、おいしい料理がつくれるのだ。つまりこれは、美憂のお手柄でもある。

「でも俺、てっきり料理が好きなんだと思ったけどね。パン職人になりたいくらいだから」

「パンを焼くのは料理と違うし」

美憂はまだ拗ねている。

「なりたいだけで、まだ焼いたことだってないし」

「焼けるようになったら食べてみたいな」

「おいしいパンなら、すぐに食べさせてあげられるよ」

美憂は不意に身を乗りだしてきた。

「わたしがバイトしてるパン屋さん、超絶おいしいから。世界でいちばん……とまでは言わないけど、東京中のパン屋さんまわって、いちばんおいしいところでバイトすることにしたの。復帰したらすぐ買ってきてあげるね」

「どこにあるの？」

「銀座。食パン専門店でね、一個千円近くするんだから。二斤分あるけど」

「そりゃすごいね」

蓮は半分呆れながら言った。さすが銀座と感心するべきなのか、食パンのくせに千円はぼったくりすぎではないのか。スーパーの特売なら九十九円だ。

「高いと思った？　でも食べたら絶対納得する。味も香りも食感も全然違うから」

「本当にパンが好きなんだね」

「うん、そう……」

美憂は遠い眼をして言った。

「お父さんの影響なんだけど……」

蓮の胸は疼いた。

「ごはんよりも麺類よりもパンって人で、とにかく、なんでも挟んじゃうの。サンマでも切り干し大根でも。けっこういけるのよ。試してみる？」

「いや……」

蓮はきっぱりと首を横に振った。

「サンマと切り干し大根なら、ごはんにお味噌汁がいいです」

「やってみたら新発見があるかもしれないじゃない」

「いいかな、べつに。新発見がなくても」

眼を見合わせて笑う。

「蓮くんは？」

「んっ？」

「どうして料理に目覚めたの？　コックさん目指してたとか？」

「いやいや、必要に迫られてたよ。うちの母親、仕事人間だったから、ごはんなんてつくってくれなかったんだ。子供のころは近所にあるおばあちゃんちまで食べにいってたんだけど、中学になると、お金渡されて外で食べなさいって感じになって……でも、外食って飽きるじゃない？」

本当は、飽きるほど外食をしたわけではなかった。

浅草には和食、洋食、中華、エスニックと、なんでもある。チェーンのファストフードやファミレスはもちろん、ラーメンでも立ち食い蕎麦でもパスタ専門店でも、個人経営の気が利いた店が揃っているので、飽きずに外食を続けることだってできただろう。

自炊するようになった理由は別にあった。

我ながら幼稚で情けなくなってくるけれど、母への反抗心、みたいなものだ。母がつくろうとしない料理を習得して、内心で得意になりたかったのである。もちろん、料理ができるようになったくらいで、母の呪縛からは逃れられなかったが……。


翌朝、眼を覚ますと美憂の姿がなかった。

彼女に寝室のベッドを明け渡し、蓮はホームセンターで買い求めてきた薄っぺらい布団をダイニングの床に敷いて寝ている。寝室の戸は開いていて、中をのぞくともぬけの殻だった。

「どこ行ったんだろう……」

蓮は少し傷ついた。顔の包帯はとれたが、まだバイトのシフトは入れていない。美憂がバイトに復帰できるまで、一緒にサボってやろうと考えていたからだ。特別なにかをしたいというアイデアがあるわけではなかったけれど、一緒にサボることを楽しみにしていたと言っていい。

父親の見舞いに行くのはいつも夕方で、朝っぱらからホスピスに行くことなんてないはずなのに……。

そこまで考えて、ハッとした。

まさか父親の容態が急変したのだろうか。

スマホをつかみ、美憂にＬＩＮＥをしようとした。ためらってしまったのは、そうではなかったら気まずくなると思ったからだ。ちょっと外出したくらいでいちいち連絡したりしたら、執着心の強いストーカー気質と思われてしまうかもしれない。

それに、仮に父親が危篤になっていたとして、あるいはそのまま亡くなってしまったとしても、蓮にできることはなにもない。せいぜい、悲しみに打ちひしがれている美憂を、傍らで見守ってやるくらいしかできない。

溜息を風鈴の短冊に吹きかけると、りん、と鳴った。なんだか風鈴の音まで物悲しく聞こえ、孤独が身にしみる。

「ただいま！」

いきなり元気よく玄関扉が開かれたので、心臓がとまるかと思った。

「蓮くん、よく寝るね。もう九時過ぎてるよ。あれ？　ごはんの準備まだ？」

図々しい台詞にイラッとした。何事もなくてよかったが、いじけた気分からすぐには立ち直れそうになかった。恨めしげな眼を美憂に向ける。いつもの体操着ファッションだ。一本杖をつき、足元はナイキの白いスポーツサンダル。新品らしい。

「……どこ行ってたの？」

「足のリハビリに散歩。この辺とっても気持ちいいね。土手の上をずーっと歩いていったら、胸がすーっとして、足の調子もよくなってきちゃった」

それはよかった。なによりの朗報だが……。

「なにそれ？」

美憂は杖とは反対の手に、おかしなものを持っていた。

「えっ？　バドミントン、知らないの？」

「バドミントンは知ってる」

透明なビニールケースに入ったラケットが二本、シャトルがひとつ。こちらはどう見ても、新品ではない。

「ゴミ置き場に置いてあったから拾ってきちゃった。あとでやらない？　いいリハビリになりそう」

「……いいけどね」

蓮はキッチンに向かい、朝食の準備を始めた。ごはんは炊けている。味噌汁はゆうべの残りがある。ベーコンを焼いたフライパンに卵を割って落としながら、散歩に行くならひと声かけてくれればよかったのに、と胸底でつぶやく。

声をかけてくれれば、絶対に一緒に行った。

ひとり置き去りにされたおかげで、心配して、不安にもなって、風鈴の音まで物悲しく聞こえたりして、大変な心労である。そんなことくらいでいじけたりムッとしている自分も器が小さいと思うが、ゴミ箱出身のラケットを振りまわして、はしゃぐ気にはなれそうもない。

しかし、美憂はどうにもバドミントンがやりたいらしく、朝食を食べおえると、すぐに蓮を河川敷に引っぱっていった。

「大丈夫なの？」

蓮は眉をひそめて言った。

「バドミントンなんて、かえって足によくないんじゃない？　急に動いたら、グキッてきたりして……」

「平気よ、立ち位置は変えないようにするし」

美憂は杖を置いてラケットを握った。

「リハビリっていうか、単純に体を動かしたいのかも。一カ月以上ギプスで動きを制限されたから」

よく晴れた青空を見上げてラケットを振った。上半身は元気いっぱいでも、下半身は怯えている。重心は左足一本で、見るからに右足を動かすのが怖そうだ。

とはいえ、気持ちはわかる。

美憂はギプスで動きを制限されていただけではなく、心理的に多大なストレスを抱えている。父親の余命宣告、暴かれてしまった両親の秘密、さらには住み慣れた自宅を出なければならず、掃きだめのようなネカフェで寝泊まりし、挙げ句の果てには下着泥棒と暴行未遂の被害者になってしまったのである。

なかなかお目にかかれない、不幸の集合体だった。笑顔が明るいからそんなふうには見えないが、心が折れかかっていても少しもおかしくない。

気分転換が必要なのだ。

蓮も伸びをして空を見上げた。なるほど、この場所は気持ちのリセットにはうってつけかもしれなかった。夏の午前中、日差しはまぶしくても、まだそれほど暑くない広々とした河川敷で、思いきりラケットを振りまわせば、憂鬱な気分も晴らせるに違いない。

「いくよー」

ならば付き合ってやろうと、蓮は左手でシャトルを落とし、右手でラケットを振り抜いた。振りかぶったわけではなく、下から上に振ったのに、空振りした。バドミントンなど中学の体育でやったくらいだし、そもそも運動全般があまり得意ではないのだが、顔から火が出るくらい恥ずかしい。

「しっかり打って！　わたし動けないから、ちゃんと狙ってよ！」

美憂が叫ぶ。

「わかってる！」

蓮は叫び返し、もう一度ラケットを振った。今度はあたったが、シャトルは美憂から三メートルも横に着地した。美憂が仁王立ちで恨めしげな眼を向けてくる。失敗した人が拾うべき、わたしはまだ足が完治してないんだし――と顔に書いてある。蓮は走ってシャトルを拾いにいった。五回ほど打ったが、ただの一度も美憂が打ち返せる範囲に飛んでいかなかった。

「わたしがやる！　シャトル貸して！」

それが正解だろうと、蓮も思った。シャトルを渡し、走って元の場所に戻る。美憂は振りかぶってシャトルを打とうとしたが、豪快に空振りした。もう少しで転びそうになり、見ている蓮がハラハラした。二度目はあたったが、まるで先ほどまでの蓮をトレースしているように、とんでもないところに飛んでくる。

彼女と違って、蓮は動けないわけではなかった。ダッシュでシャトルを追いかけたが、運動不足のせいで思った以上に体が重い。十本ほどやってもほとんど拾えず、拾ってもきれいにリターンされることはなく、ふたりのバドミントンはたったの五分で暗礁に乗りあげた。

とりあえず、美憂が打って蓮が拾うという形は続けたが、息が切れた蓮はもう走ることができず、シャトルが落ちたのを見届けてからダラダラ歩いて取りにいき、さらに歩いて美憂に渡し、いったいなんの罰ゲームなんだと内心で悪態をつきながら元の場所に戻っていった。

さわやかに汗をかくスポーツマンのために用意された景色の中で、だらけきったバドミントンは続いた。美憂がやめようとしなかったからだ。もはやバドミントンではなく、野球の千本ノックのようにシャトルが打たれるだけだったが、それで美憂が満足するならと、蓮は文句を言わずに拾いつづけた。

「ねえっ！」

美憂がラケットを振りながら大声をあげた。

「蓮くんって、お母さんと仲悪いでしょ？」

シャトルは蓮のいる位置の、五メートルも横に落ちる。

「はっ？　そんなこと言ったっけ？」

蓮はシャトルを拾い、美憂に届ける。ダラダラと。

「なんとなくわかるもん」

「まあ、仲が悪いっていうか、距離を置く必要があるというか……」

溜息まじりに言い、元の場所に戻っていく。いっそのこと左右どちらかに寄ったほうが、打ち返せる確率が高いのではないだろうか。

「なんで距離が必要なの？」

美憂はシャトルを打たずに大声で訊ねてきた。

蓮はとぼけて首をかしげたが、

「なんでっ！」

美憂はしつこかった。

「わたし、お母さんいなかったから、いるだけで羨ましいよっ！」

「超がつく過保護なのっ！」

蓮は大声で叫び返した。

「母ひとり子ひとりだから、愛情が過剰なうえ歪んじゃってんの。執着心がすごくてさ。鬱陶しいでしょ、そういうの」

昔を思いだすと、本当に気が滅入る。小学校のころ、ちょっと先輩に小突かれただけで、母は学校に怒鳴りこんできた。そんなことをすれば、こちらがよけいにいじめられるだけなのに、旧知の区議会議員まで連れて。

蓮の成績が悪ければ教師が無能なせいだと糾弾し、遠足の日に風邪で寝込めば日程を変更しろと無茶な要求を突きつける。もはや完璧にモンスターペアレントだったので、蓮はひどく肩身の狭い思いをさせられた。

おかげで、高校時代に少しグレた。私服通学だったのをいいことに、授業をサボって街をぶらぶらしていることが多くなった。

なんとか卒業だけはしたものの、進学への意欲を失い、真面目に働くのはもっと嫌で、同じようにふて腐れている連中とつるみ、時間をドブに捨てているような日々を過ごした。後ろ向きの人間関係がろくなものじゃないということを、身にしみて思い知らされた。蓮は結局、その仲間たちとともに、窃盗事件を起こすことになる。

自転車泥棒をしてしまったのだ。十万円以上する有名メーカーのロードバイクを狙って盗み、ネットオークションで売りさばこうとしたところ、最初の一台でものの見事に捕まった。まだ売る前だったし、ぎりぎり未成年だったおかげもあって示談ですんだけれど、その事件が母との関係を決定的に険悪にした。

蓮は家を出た。

母は当然のように大反対した。しかし、母の呪縛から逃れるためには、どうしてもひとり暮らしをする必要があった。

馬鹿げた犯罪行為に手を染めてしまったのは、どこかに母に対する反抗心、あるいは甘えのようなものがあったからだろう。

それではいけないと、ようやく気づいたのだ。母と一緒に暮らしていると、すべてを母のせいにしてしまう。とにかく自立しなければならない、このままでは人生が台無しになってしまうと一念発起し、現在のアパートに移った。引っ越し資金は祖父母に頼みこんで貸してもらった。祖父母は母のきつい性格をよく知っているので、引っ越しそのものには理解を得られたが、悪い仲間とは今後いっさい付き合わないように約束させられた。

蓮に異論はなく、いまでもその約束をしっかり守っている。彼らが悪いわけではなく、自分も含めた誰もが自立するために努力しなければならない時期だったのだ。それでも、まともに就職するのはまだちょっと怖くて、ネカフェのバイトでなんとか生活できるようになったものの、いまはまだそこまでだった。

未来は深い霧に覆われ、光り輝くものはなにひとつ見えない。物理的な距離を置いたことで母の干渉からは逃れられるようになり、実家にいたときより精神状態はだいぶいいけれど、たったひとりしかいない親を、ただ冷たく遠ざけるだけでいいのだろうか、という思いもないわけではない。

「どうしてなんだろうねっ！」

美憂がシャトルを打ってくる。力が入りすぎのうえ川風に吹かれ、蓮の頭上をはるかに越えていく。拾いにいくため、蓮はダラダラと歩きだす。

「どうして仲良くできないんだろうねっ！」

美憂の叫ぶ声が、風に乗って背中に迫ってきた。蓮を責めているというより、別のなにかに向かって叫んでいるようだった。

3

人類の長い歴史の中で、クーラーほど偉大な発明はないのではないだろうか。

夏の日差しの中、たっぷりとかいた汗をシャワーで流し、冷風を浴びる心地よさよ。自宅にいながら、これほどの至福を嚙みしめられるものは他にない。冷たいミネラルウォーターをごくごくと喉に流しこめば、もはや至福を超えて天国である。

「気持ちいいね」

隣で美憂が言った。クーラーの下で並んで冷風を浴びている。美憂が先にシャワーを浴びたので、もう十分以上も冷風を浴びているはずなのに動こうとしない。

「やっぱり運動のあとだから？」

「シャトル拾いをしてたの、俺ばっかりだと思うけど」

「わたしだって、シャトル打ってました」

「訳わかんない方向にね」

眼を見合わせて笑う。

「なんかすごくすっきりした。エネルギーチャージ、完了って感じ」

「わかる」

蓮はうなずいた。やっているときはダラダラしていたが、いまこの瞬間はたしかにすっきりしている。人類最大の発明のおかげだろう。

「わたし、午後から出かけてくるね」

美憂が急に神妙な顔になって言った。

「ほら、キャラウェイの人に紹介された人。昨日、出張から帰ったって連絡あったから、会ってくる」

「……そっか」

蓮も神妙な顔になるしかなかった。

共同生活を始めたドタバタで忘れかけていたが、美憂はまだ、両親の黒歴史を発掘作業中なのだった。

「わたし知らなかったんだけど、その人、お父さんと一緒に会社を経営してたらしいの。たぶん、個人的にも親しかったと思う。きっといろいろ聞けるはず」

「またひどい話聞かされるんじゃないの……」

蓮が怪訝な眼つきで見つめると、美憂は小さな拳を握りしめてファイティングポーズをつくった。

「打たれても倒れない。エネルギーチャージしたから」

美憂は笑ったが、蓮は笑えなかった。

なんでそこまでこだわるんだ――言葉が喉元までこみあげてくる。しかし、もうとめようとは思わなかった。美憂には美憂の考え方があるわけだし、事実を知ることは彼女の権利でもあるかもしれない。

だがそれならば、自分には美憂を心配する権利がちょっとはあると思った。

「本当に打たれても倒れない？」

「うん」

「杖がないと歩けないくせに……」

「そうだけど……」

「ひとりで行って……大丈夫？」

変な感じで会話が途切れた。眼が合った。蓮は黙ったままだったが、美憂は察してくれたようで、次第に上目遣いになっていく。

「ついてきてくれるの？」

「……迷惑？」

「全然。嬉しいよ」

美憂は濡れた黒髪を揺すって笑った。しかし、その笑顔はどこか頼りなく、悲しげだった。うつむいて続けた。

「お父さんとお母さんのこと、知りたいけど……やっぱり怖いし……今度はどんな話を聞かされるんだろうって……ゆうべもずっと考えてて、よく眠れなかった……」

「一緒に行こう」

もう一度眼が合うと、蓮の心臓はドキンとひとつ跳ねあがった。気がつけば、鼓動が激しく乱れていた。美憂との間に流れる空気が、いつもとは違う、おかしなものに感じられたからだった。

美憂も美憂で、こちらを見つめたまま瞬きも忘れて固まっている。なにを考えているのだろうか。不安げな表情だが、さっとそれだけではない。見つめあっていると、胸が苦しくなってくる。なのに視線をそらせない。

「ちょっとごめん」

蓮は緊張感に耐えられず、トイレに駆けこんだ。深呼吸をして気持ちを落ち着けるにはもっとも相応しくない場所だったが、かまっていられなかった。一刻も早く心臓をなだめなければ、自分という人間が、いままでとはまったく違う、別のなにかに変身してしまいそうだった。

目的地は新宿だった。私鉄と地下鉄を乗り継ぎ、駅から歩く時間を入れても、一時間もあれば到着する。

約束の時間は午後一時だというので、正午少し前に家を出た。

異変がひとつあった。

足のギプスがとれ、松葉杖から一本杖になったことで、美憂はTシャツとショートパンツから解放された。体操着のような格好に眼が慣れていたせいで、おしゃれをした美憂を見た蓮は驚きを隠せなかった。

淡いブルーストライプに花柄がプリントされたフレアスカート、ノースリーブのぴったりした黒いニット。足元がナイキの白いスポーツサンダルなのは右足が完治していないのでしかたがないが、キラキラしたイヤリングやネックレスをつけ、ばっちりメイクした美憂は子供っぽい雰囲気がすっかりなくなり、いままでとは完全に別人だった。

「なんか女優っぽいよ。朝ドラのヒロインの妹とか、刑事ドラマの殺された被害者の娘とか、学園ドラマなら主役に助けられるドジっ子とか……」

「それって褒めてるの？」

美憂は眉をひそめたが、もちろん褒めていた。ただ彼女の場合、自分が中心になる主人公感が足りない。そこがまた控えめでいいというか、いじらしくて守ってあげたくなるというか、ゴーレムのごときネトゲ廃人を萌えさせるポイントなのだろう。

　蓮があまりに感心するので、美憂は逆に恥ずかしそうだった。

「わたし的には、こっちが普通なんだけどな」

「こういうのなんて言うんだろう？　馬子にも衣装？」

「それは失礼」

「でも本当にイケてると思う」

　お世辞ではなかった。だが正直に言えば、体操着みたいな格好にも思い入れが強い。蓮にとって、あれが生まれて初めてできた女友達の揺るぎないイメージだった。パラパラ漫画にも何度も描いた。家の中でリラックスするときは、またあの格好に戻ったりするのだろうか。

「女優っぽいよ」

「しつこい」

　美憂は口を尖らせてそっぽを向いた。

「褒められるのは嬉しいけど、ちょっと言いすぎ」

「……ごめん」

　謝ったものの、結局電車での移動中はずっと美憂に眼を奪われたまま、呆けたように見とれていた。

　蓮がようやく我に返ったのは、新宿で地下鉄を降り、歌舞伎町に足を踏み入れた瞬間だった。昼間とはいえ、東洋一の歓楽街の空気は他とは一線を画し、身構えずにはいられなかった。

「あのさ……」

　スマホの地図で道を確認している美憂に言った。

「先方の会社に行くんだよね？」

「そうよ」

　蓮は内心で何度も首をかしげていた。こんなところに会社なんてあるのだろうか。いかがわしい酒場や風俗店が、これでもかと軒を連ねている。明るい時間なのに営業している店もあり、香水の匂いがツンと鼻を刺す。夜になれば派手なネオンがギラギラと輝き、さらに猥雑感が増すのだろう。

「だってほら」

　美憂がスマホの地図を見せてくる。たしかに間違ってはいないようだったので、彼女のナビで進んでいく。やがて歓楽街を抜けて、少し奥まったところにひっそりと建つマンションに行き着いた。目的地らしい。原色の看板が目立たなくなり、人の行き来は減ったものの、空気はよりいっそう不穏になった。ラブホテルらしきものが並んでいるし、なんとなくすれ違う人たちの人相も悪い。

そのマンションはオートロックではなかった。管理人室はあったが、窓がカーテンで閉ざされて管理人の姿は見えない。エレベーターで階上にあがっていく。廊下でTシャツから夕トゥーをのぞかせた男とすれ違った。番号プレートで探した部屋の前に立つと、表札にはなにも記されていなかった。

ずいぶんとあやしい……。

蓮と美憂は眼を見合わせた。

お互いに険しい表情をしていたが、ここまで来て踵を返すわけにもいかないと思ったのだろう、美憂はまなじりを決して呼び鈴を押した。

しばらくして扉が開き、喜瀬川祐一が顔を出した。美憂を見て、一瞬凍りついたように固まった。しかしすぐに、人懐こい笑みを浮かべた。まるで、驚いてしまったことを隠すように……。

「志田美憂ちゃんだね？　こんなところまでわざわざ申し訳ない。とっ散らかってるけど、さあ入って」

中に招き入れてくれた喜瀬川は痩身で、ひょろりと背が高かった。額がずいぶんと禿げあがっていたけれど、褐色に日焼けした顔は精悍だ。キャラウェイの笹沼と同世代のはずなのに、ずっと健康的で若々しく見える。

「ええーっと、きみは？」

靴を脱いでいると不思議そうに訊ねられたので、蓮は口ごもりながら答えた。

「付き添いです……彼女の友達というか……大家というか……」

「ずいぶん若い大家さんだ」

腑に落ちる説明ではなかったはずなのに、喜瀬川は人懐こい笑顔を崩さなかった。気さくな人らしい。

中は雑然としたワンルームだった。雑然としすぎている、と言ってもいい。年季の入ったスチール製のデスクがふたつ、向かい合わせで置かれ、その上に雑誌や書類やＤＶＤがうずたかく積みあげられている。書棚も似たような状態で、震度３程度の地震でも雪崩が起きそうだ。

とても会社には見えなかった。前にテレビで迷宮入り事件を追いかけている作家の書斎を見たことがあるが、それによく似ていた。

「あんまり汚いところで驚いたかい？　会社っていっても、いまはひとりでやってるからね……」

応接スペースのようなものもなく、蓮と美憂はパイプ椅子に座らされた。同じ映像関係の会社のはずなのに、キャラウェイとの落差が激しすぎる。

喜瀬川にアポをとるため、美憂はキャラウェイの笹沼とも、喜瀬川本人ともメールのやりとりをしていた。そこでわかったのは、志田龍一はキャラウェイを退社したあとしばらくフリーランスで翻訳などを手がけ、その後、喜瀬川と映画の配給会社を興したということだった。

主にヨーロッパ圏の映画を取り扱っていて、志田龍一はよくフランス、ドイツ、イタリアなどの国際映画祭に出向いていたらしい。美憂にも、高校生になったあたりから、急に長期出張が増えた記憶があるという。

「……余命三カ月か」

喜瀬川は腕組みをし、魂までも吐きだしそうな長い溜息をついた。

「僕が志田と切れて、もう三年近い……見舞いに行ったほうがいいのかどうか、出張先でもずっと考えていたんだけど……やつともいろいろあったからなあ……まだ結論は出ていない……」

苦々しく歪んだ表情からは、罪悪感が漂ってきた。そして罪悪感以上に、志田龍一との深い溝を感じた。たぶん見舞いには行かないだろう、と蓮は思った。

「喜瀬川さんは、父とどれくらい一緒に働いていたんですか？」

美憂が訊ねる。

「十年、ってことになるか。小学生だったきみが、高校生くらいまで。もっとも、最後のほうは酒でどうにもならなくなってたけど……」

龍一が肝臓癌を患った原因は、アルコールにあるらしい。大酒飲みなのだそうだ。蓮は美憂から、その話をうっすらと聞いていた。

「美憂ちゃんのことは、志田がよくしゃべってたから、なんだか初めて会う気がしないな。入学式だとか、運動会だとか、いちいち写真を見せてくるんだ。そんなふうに見えないけど、子煩悩なやつだった……しかしなあ……さすがに今日は驚いちゃったよ。あんなにあどけなかった美憂ちゃんが、いやはや、ずいぶん立派な大人の女性に成長したものだ」

美憂ははにかみながらも、瞳に宿した強い意志の炎を消さなかった。

「実は……今日、喜瀬川さんのところにお邪魔したのは、いろいろとお話をうかがいたいって思ったからなんです」

「志田の話？」

「母の話です」

喜瀬川の顔がわずかにひきつった。

「父はもう、ホスピスで痛みを緩和しているだけの状態で、認知症も入ってますから、詳しい話は聞けません……もともと言いたがらない人だったから、わたしは全然知らないままで……だから……」

重い沈黙が散らかり放題の部屋を支配した。

喜瀬川は頭をかいたり首をかしげたりしつつ、美憂の顔色をうかがっている。その瞳に宿っているものが、事実を知りたいという強い意志であることは、伝わったようだった。

「僕の口から言っていいかどうか、わからないけど……」

「言ってください」

「きみがお母さんの連れ子っていうのは知ってる？」

蓮は心臓が口から飛びだしそうなくらい驚いたが、美憂は平然と首をかしげ、

「連れ子なのか……捨て子なのか……」

溜息まじりに言ったので、今度は激しい混乱が訪れた。

「わたしが養女であることを、父はわたしに隠していました。でも最近、自宅マンションを処分しなければならない事情があって……住民票とかの書類を揃えるため区役所に行ったとき、なんとなく戸籍謄本をとってみたら……わたし、養女で……でも、変なんです。父は母と再婚しているはずなのに、その痕跡がなくて……事実婚、っていうことなんでしょうか？」

「それは……そうかもしれないね……」

喜瀬川が眼を泳がせながら言う。

「わたしもう、なにがなんだかわかんなくなっちゃって……わたしの本当の親って、いったい……」

美憂によれば、志田龍一の養女になる前は、山岸治夫という人の戸籍に入っていたらしい。謄本に記載されていた住所を訪ねてみたところ、住んでいたはずの都営住宅がすでに取り壊されていて、消息不明。

なるほど、と蓮はようやく合点がいった。そういう状況であるならば、美憂が過去にこだわり、傷つくのも覚悟の上で、事実を知りたくなってもしかたがないかもしれない。黒歴史という言葉で簡単に片づけられない、複雑な出生の秘密があるのならば……。

喜瀬川はしばらくの間、じっと押し黙っていた。腕組みをして背中を丸め、日焼けした顔に苦悶をにじませている。

背中を丸めて前屈みになっていく一方の喜瀬川に対し、美憂は背筋を伸ばしてまっすぐに視線を向けていた。大人びた装いと相俟って、その姿はとても凛々しく見えた。傷つくことを恐れていないというメッセージを送っていると、蓮にははっきりと感じとれた。

喜瀬川にも伝わったようだ。

「お母さんの名前は知ってるかい？」

長い沈黙を破って、喜瀬川が美憂に訊ねた。

美憂は首を横に振る。

「僕も本名までは覚えていないが、芸名は永野詩音っていうんだ。僕なんかはそっちのほうが馴染みが深い。志田もそうだろう」

「ナガノ……コトネ……」

「山岸治夫って人は、たぶん彼女のお父さんだ。永野詩音は若くしてきみを産んで、シングルで育てなくちゃならない事情だったから、両親の戸籍に入れたんじゃないかな。そういうことは、わりとよくある。志田と一緒になる前、彼女は実家に住んでいたはずだし……ちょっと待ってて」

喜瀬川は椅子から腰をあげると、雑然としすぎている書棚を漁りはじめた。たっぷり十分以上待たされて、一冊の雑誌を持ってきた。『CMファン』という名前のグラビア誌だった。蓮はその雑誌を見たことがなかった。すでに廃刊になっている年代物の雑誌、という感じがした。

喜瀬川がページをめくっていく。「超新星・永野詩音」の文字に、指がとまる。ハルジオンだろうか、白い花が一面に咲き乱れる中で、鮮やかなレモンイエローのワンピースを着た若い女が笑っている。大きく口を開けた天真爛漫な笑顔に、時代を超えて眼を惹くインパクトがある。

「捨て子なんかじゃない。見ればわかる」

喜瀬川が言った。蓮は息をつめて、写真の女と美憂を見比べていた。違うのは髪型だけだった。美憂は黒髪のショートボブで、永野詩音は黒髪のロング。それ以外は、そっくりだった。ひと目で母娘と……いや、美憂がタイムスリップして撮影したと言われても、信じてしまいそうなくらい瓜ふたつだ。

なるほど、と再び合点がいった。玄関で美憂を見た瞬間、喜瀬川が凍りついたわけだ。

「タレントとしての実績はね、まあほとんどないんだけど……当時の彼女は輝いていた。僕はこの雑誌の編集者をしてたんだ。インタビューしたタレントさんの中でも、掛け値なしにいちばん印象に残ってる……どんな有名なアイドルや女優よりもね……」

喜瀬川は切れぎれに言葉を継いだ。

「志田が入れあげた気持ちも……わからないでもない……頑張って続けていれば……売れたに違いないし……」

「タレントを続けていられなくなったのは、不倫で略奪婚だからですか？」

美憂が震える声で訊ねる。声は震えていても、強い眼で喜瀬川を見ている。本当のことを教えてという、心の叫びが聞こえてきそうだ。

「それにわたしが連れ子ってことは、たぶんこの写真の時点でわたしを産んでたんですよね？　隠し子がいたというか……」

喜瀬川は否定しなかった。つまり、その通りなのだろう。

「不倫で略奪婚で、おまけに隠し子……とんでもない素行不良っていうか……だらしないっていうか……いまならSNSが大炎上……」

「そういう言い方はやめなさい」

喜瀬川は静かに首を振った。

「彼女は……永野詩音は、ただ純粋だっただけさ。気持ちのままに生きていた。世間の常識から少しばかりはずれていても、自分を信じて……その生き様は、傍から見ててもまぶしいものだったよ。ただ、純粋さの塊のような彼女は、純粋ゆえに毒ももっていたんだ。まわりを振りまわすという毒をね……志田は被害者だ。本人の意識はどうかわからないが、彼女を愛したことで人生に躓さ……彼女を失ったことでさらにどん底に落ちて……一時は立ち直りかけたんだが……」

喜瀬川は急に居住まいを正すと、美憂をまっすぐに見て言った。

「これだけは……そうだな、かつての志田の盟友として、これだけは美憂ちゃんに伝えておきたい。やつの名誉のためにも……永野詩音がきみを残していなくなってから、志田は懸命に這いあがろうとした。孤軍奮闘の子育ても、僕と手を組んでいた仕事も、精いっぱい頑張ってたんだ。それは間違いないんだが……あるときから急に海外出張が多くなっただろう？　そして、酒がひどくなった。自分を壊すようなめちゃくちゃな飲み方をするようになった。医者にかかれば、間違いなくアルコール依存症と診断されたはずだ。きみもずいぶんつらい目に遭ったんじゃないか？」

美憂は喜瀬川から眼をそらした。

「とにかく飲んでは荒れて、誰彼かまわず口論をふっかけるから、当然揉め事も多くなって……やつのことを警察まで引き取りにいったことは、一度や二度じゃない。どうして急にそんなふうになってしまったのか、さっぱり理由がわからなかったんだが……あるとき、女子高生時代のきみの写真を見せられて、そういうことかと思ったよ。入学式の写真だったかな？　永野詩音の面影があった。いまほどはっきり似ていたわけじゃないけど、僕でも驚くくらいだった。やつは毎日きみと顔を合わせるのがつらかったんだろう。もちろん、きみに罪はない。だが、やつにしてみれば、過去の亡霊に取り憑かれてしまったようなものだったというか……」

「もういいじゃないですかっ！」

蓮は衝動的に叫んでいた。立ちあがって、パイプ椅子を倒してしまった。ガシャンと大きな音がたったが、かまっていられなかった。

この男はいったいなにを言っているのだろう？　なにが、かつての盟友の名誉だ。きみには罪はないと言っておきながら、志田龍一がアルコール依存症になったのは、美憂のせいだと言っているようなものではないか。

「美憂、もう帰ろう。お母さんは、とっくに亡くなってるんだ。もう忘れたほうがいい。そのほうが絶対……これ以上こだわってると、それこそ過去の亡霊に取り憑かれたみたいになっちゃうよ」

「ちょっと待ってくれ」

喜瀬川が、訳がわからないという顔で口を挟んだ。

「永野詩音は亡くなってなんかいないだろう？　少なくとも、志田とは死に別れてないはずだ。他に男ができて出ていったんだから……」

4

外に出ると、タクシーを拾って乗った。ちょうど通りかかってくれたので助かった。とにかく一刻も早くその場から離れたかった。

喜瀬川という男と同じ空気を吸っているのが、いや、歌舞伎町の饐えた空気を肺に入れているだけで、たまらなく不快だった。

「大丈夫?」

声をかけても、美憂は返事をしない。強がることさえできない。顔色は真っ青で、大量の汗をかき、タクシーに乗った直後から、急に呼吸まで荒くなってきた。これ以上様子がおかしくなるようなら、過呼吸の心配をしたほうがいいかもしれない。コンビニに寄って、ビニール袋を調達して……。

ただ、次に向かう先はホスピスだった。医師や看護師がいるだろうから、その点は少し安心していい。

美憂が喜瀬川に会ったあと父親の見舞いに行くというのは、最初から予定されていたことだった。蓮は先に帰って夕食の準備をしておくつもりだったが、さすがにこの状態の美憂をひとりにすることはできなかった。

大変なショックを受けていた。

それは一目瞭然なのだが、事情が複雑にからまりあいすぎていて、もはや本人にも、なにがなんだかわからなくなっているのではないだろうか。

父親がアルコール依存症になった原因が自分にある——これだけでも、けっこうな衝撃だ。もし自分が美憂の立場だったら、しばらく立ち直れないくらい落ちこんで、飲めない酒をそれこそ依存症になるくらい飲んでしまうかもしれない。ましてや美憂は、そのアルコール依存症が引き起こした癌によって命を失う父親を、きわめて近い将来、看取らなければならないのである。

そして……。

とっくに死んだものと思っていた母親が生きていた……。

永野詩音との別れを受け入れられなかった志田龍一が、死んだものとして気持ちに折り合いをつけ、それをそのまま娘に伝えていた——気持ちはわからないでもないけれど、ずるいやり方だし相当に罪深い。娘が真実を知ったとき、どれほどショックを受けるのか考えなかったのだろうか。

いや、そんなことより美憂である。

この現実を、いったいどう受けとめているのだろう？　ショックはショックとして、母親が実は生きていたということを……。

生きているということは、再会できるということだ。美憂は母親の面影を追い求めている。会いたくないわけがない。

だが……。

当の母親は、不倫、略奪婚、隠し子だけではなく、略奪した志田龍一のことさえあっさり捨てて、他の男とくっついたというのである。あまりにも自由すぎて眩暈がする。そんな女を実の母親と認めるだけでも、かなりきつい。

……なんだ？

不意に美憂に腕をつかまれ、蓮の体は伸びあがった。

「ごめん。ちょっとだけこうしてていい？」

「……うん」

高熱にうなされているようにハアハア言いながら頼まれては、冗談を返すことさえできなかった。Tシャツの首元を引っぱられていたが、伸びてしまっても許す。素肌と素肌がくっついている部分が、ヌルッとすべった。こんなに汗をかいているのに、美憂の体はひどく冷たい。とにかく、一刻も早くホスピスに着いてほしい。

神様は……。

どうして彼女にばかり、これほどの試練を与えるのだろう。

側で見ているだけで、居たたまれなくなってくる。この小さな体に、バラバラに存在する黒歴史が次々に押しこまれていく。まるで不幸の詰め合わせだ。これ以上の試練は、いくらなんでも耐えられるわけがない。

ホスピスに到着するころになると、美憂は少し回復した。蓮の腕をつかんでいなくても、ひとりでタクシーを降りることができた。杖をついて歩くことも。

志田龍一が入院しているホスピスは、蓮が想像していたよりはるかに素晴らしい施設だった。都心にあるにしてはずいぶんと敷地が広く、緑豊かな庭を有し、その中に建てられた低層の建物は、高級リゾートホテルさながらの雰囲気である。明るい陽光が差しこむ廊下を歩いているだけで、良質なサービスが受けられそうな印象を持った。

「それじゃあ……」

志田龍一の部屋の前で、蓮は言った。

「俺はここで待ってるから……」

「……わかった」

美憂はなにか言いたそうな顔をしていたが、ひとりで部屋に入っていった。扉の隙間から少し見えた室内も、広くてきれいそうだった。

「……ふうっ」

蓮は廊下に置かれた長椅子に腰をおろし、大きく息を吐きだした。美憂と一緒に父親を見舞うのは、さすがに気後れした。突然来ることになったので、心の準備ができていない。

窓の外で、庭の木々が風に揺れていた。窓枠に遮られて、てっぺんが見えないほどの大樹があった。夏の盛りだから緑も深い。外に出れば、鬱蒼と茂った葉が風で揺れる音に圧倒されそうだ。

不意に、母のことが脳裏をよぎっていった。

蓮の場合、美憂と違って祖父や祖母も健在だから、母が唯一の肉親ではない。それでもやはり、美憂が父親を亡くしてしまう喪失感は、自分に置き換えれば母を亡くすことに等しいと思う。

どんな感じなのだろうか。いままで寄りかかっていた大樹がいきなり倒れてしまうとか……あるいは足元の大地が突然なくなり、それまで大地に埋まっていた青白い根っ子が剝きだしにさらけだされてしまうとか……。

美憂の気持ちに寄り添ってあげたかった。父親が余命宣告を受けている現在、不安で心細いのはよくわかる。だがその先、本当に死んでしまったときのことは、うまくイメージできない。

もしかすると、実際に亡くしてもそうなのかもしれない、と思った。母の死を受け入れることを、もうひとりの自分が断固として拒否するような気がしてならない。

どうすれば受け入れられるのだろう？

そもそも死を受け入れるとは、いったいどういう状態なのだろう？

「あら？」

通りかかった看護師の女性に、声をかけられた。ふくよかな体形をした、四十歳くらいのやさしそうな人だった。

「あなた、志田さんのご親戚かなにか？」

「いえ、僕は……」

蓮はひきつった顔を左右に振った。

「娘さんの友達というか……大家というか……」

「あらやだ」

看護師は意味ありげに笑って、長椅子の隣に腰をおろした。

「美憂ちゃんと一緒に住んでるの？　彼氏？　同棲相手？」

「そんなことはひと言も……」

蓮はひきつった顔を左右に振りつづけたが、看護師は自分の思いこみを手放そうとしなかった。

「よかった。美憂ちゃんにそういう人がいてくれて」

胸に手をあててふーっと息を吐きだし、蓮の顔をまじまじと見つめる。

「わたしね、誰か美憂ちゃんを支えてあげる人がいてくれればいいのにって、ずっと思ってたんだから。なんていうかもう、不憫(ふびん)で不憫で……」

「不憫、ですか？」

「そうよ。アルコール依存症っていうのはね、本当に恐ろしい病気なの。ある一定のラインを超えてしまうと、本人の意思ではどうにもならなくなっちゃって、まわりの人間に果てしなく迷惑をかけつづけるのよ。まわりの人間って、志田さんの場合、美憂ちゃんひとりでしょ？　可哀相で、もう……」

看護師は急に神妙な顔になり、ささやくような小声で言った。

「力になってあげてね」

蓮は曖昧にうなずいた。

「美憂ちゃんも、相当やられてたと思うから」

「なにを……ですか？」

蓮が不安げに首をかしげると、看護師は黙って拳を二回ほど前に突きだした。

嘘だろ……。

ドメスティックバイオレンス、ということらしい。

「初めてここに来たときも、派手に怪我してたもの。顔も体も痣だらけで、足なんかこの前までギプスしてたでしょう？　あれだってたぶん、お父さんに突きとばされて……」

「違いますっ！」

不意に扉が開き、美憂が廊下に出てきた。顔が真っ赤だった。看護師の前までずんずんと歩いてきて、仁王立ちになった。

「お父さんは、わたしには手をあげてません。ＤＶなんてするわけないじゃないですか。足を折ったのは、わたしがお父さんを支えきれなかったからです。わたしちっちゃいし、力もないし……わたしのほうがお父さんに迷惑かけちゃったんです」

「……そうだったわね。ごめんなさい」

看護師はひどく気まずげな顔で謝ると、そそくさと立ち去っていった。そのふくよかな背中を、美憂はうーうー唸りながら怒りの形相で睨んでいた。そんなに怖い顔をしている美憂を、蓮はそのとき、初めて見た。

5

久しぶりに奈落の底に沈んだ。

どす黒い倦怠感だけがとぐろを巻いている空間が、どういうわけか、ひどく静謐(せいひつ)なものに感じられた。深海にいる感じ、とでも言えばいいだろうか。

蓮は結局、ネカフェのバイトを六日間休んだだけだった。

オーナーが驚くほどたくさんの見舞金を包んでくれたので、一カ月くらい休んでやろうと思っていたのだが、美憂がバイトに復帰してしまったので、それに釣られてしかたなく復帰した格好だ。

店に来てまず最初にしたのは、ゴーレムにお礼を言うことだった。個室の扉をノックすると、用心深そうに二センチくらい隙間が空き、そこからメガネをかけた糸のように細い眼がのぞいた。

「先日は助けていただいてありがとうございました。これどうぞ」

ゴーレムがいつも食べているペヤングソースやきそばを、五つほどコンビニで買ってきた。ゴーレムは毟(むし)りとるようにそれを奪うと、黙って扉を閉めた。一瞬見えた口が、への字に曲がっていた。機嫌が悪そうだった。理由はたぶん、美憂がいなくなったからだろう。

「天網恢々疎(てんもうかいかいそ)にして漏らさず……」

カウンターに戻ると、てっちゃんが虚空を見つめてブツブツ言っていた。

「天網恢々疎にして漏らさず……」

「それ、どういう意味ですか？」

蓮は声をかけてみた。普段なら絶対にしない。言葉が返ってきた例（ため）しがないからだが、久しぶりにてっちゃんの顔を見て懐かしかったのかもしれない。

てっちゃんはやはり、言葉を返してこなかった。だが驚いたことに、卑屈な上目遣いでこちらを見て、ちょっとだけ頭をさげた。彼は彼なりに、ボコられている蓮を助けられなかったことや、客より早く警察に通報できなかったことを、申し訳なく思っているのかもしれなかった。

蓮はその日、パラパラ漫画を描かなかった。

深夜十一時から朝の七時まで久しぶりに働くので、さぞや時間が長く感じられるだろうと身構えていたのだが、意外なことにそんなことはなかった。

ずっと考えていたのは、帰ってからつくる朝食の献立だ。美憂がバイト先で買ってきてくれた食パンはお世辞ではなく超絶美味で、味も香りも食感も、スーパーの安売りで買うのとは似て非なる代物だった。

今晩は柔らかな生地をそのまま食べたが、朝になったらさすがに少し劣化しているだろうから、ひと手間加えたメニューにしたい。トーストにバターでは能がないと、ホットサンドやピザトーストのレシピをネットで探しまわり、そのうち美憂が働いている銀座のパン屋まで調べてみたりして、なるほどメディアでも評判になっている人気店で、高額にもかかわらず行列ができるほどなのか、などと感心しているうちに、朝になっていた。

「お先……」

交代したばかりの朝番のバイトに声をかけ、蓮はネカフェを出た。おざなりな挨拶だったが、向こうは向こうでスマホから眼を離さず声さえ返してこないからお互い様だ。そんな殺伐としたやりとりも、どこか懐かしく感じられた。

「まぶし……」

エレベーターをおりてビルの外に出た蓮は、うっかり朝日をまともに見てしまい、しばらく立ちどまって眼を慣らさなければならなかった。

歩きだすと、自然と早足になった。

気がつけば、息を切らして走っていた。

浮かれているのかもしれなかった。

そういう感情を経験したことがないのでよくわからないが、家で誰かが待っているという状況に浮き立っている。一刻も早く会いたい異性が存在するということだけで、どうしてこんなに心が躍るのだろう。ただひとつ屋根の下に住んでいるだけで、恋人でもなんでもないのに。

ふたりの関係が恋人同士に発展することはないだろうな、と薄々気づいていても、これから一緒に食事ができると思うと笑ってしまう。献立を考えながらネットを巡回しているときだって、ニヤニヤしていたに違いない。ネカフェのバイト中に笑ったことなんて、いままで一度もなかったのに……。


家に帰ると、美憂はすでに起きていて、掃除機をかけていた。

ギプスがはずれたので家事を手伝います、ということだろう。そんな気遣いは無用なのだが、なにもしないで居候しているのも、それはそれで気が引けるのかもしれない。掃除機の音がうるさいせいか、それとも掃除によほど集中しているのか、蓮が玄関扉を開けても美憂は気づいてくれなかった。

風鈴の短冊に思いきり息を吹きかけ、りりりんっ！　と鳴らしてやると、

「ひゃっ！」

と美憂はおかしな悲鳴をあげ、尻尾を踏まれた猫のような顔で振り返った。驚きすぎである。

「掃除サンキュー、すぐごはんにするね」

「ごはんの前に、散歩に行かない？」

美憂は汗ばんだ顔にはじけるような笑みを浮かべた。

「リハビリ、リハビリ。足の運動」

「いいけどね……」

蓮は別のことに気をとられていた。

彼女はTシャツにショートパンツ姿だった。見慣れた体操着ファッションである。外では女優のようにキメキメでも、やはりそれが部屋着だったのだ。

もちろん、馬鹿にしているわけではない。蓮だって部屋では似たような格好をしているので、文句を言える立場ではない。

ただ、朝はともかく、夜がいけない。起き抜けの朝は素顔だが、夜は化粧をしたままその格好になるからである。

同じ格好なのに、化粧をしているのとしていないのとでは、受ける印象がいちじるしく違った。

女らしさがトゥーマッチで、眼のやり場に困る。本当に不思議な現象なのだが、首から上の変化で、首から下の印象までガラリと変わる。胸のふくらみや太腿の白さを意識すると、ドキドキしてしまう。ドキドキならまだいいが、ムラムラしてきたらどうしようと、自分が怖くなってくる。

だがもちろん、素顔の朝なら問題ない。

美憂は杖をついて部屋を出た。バイト中は自分の足だけで立っているというが、通勤途中などにはまだ必要らしい。多分に心理的な問題らしいが。

「なんかうるさくない？」

カツン、カツン……と杖をつく音が耳障りだった。

「あっ、先っぽのゴムの部分がどっかいっちゃったの」

たしかに、先端のスチールが剝きだしになっていた。修理したほうがいいのではないだろうか。ホームセンターに行って、似たような部品を手に入れて……。

「今日は暑いね」

階段をのぼって土手を越え、河川敷にある広い道に出ると、美憂は握り拳で額の汗を拭った。蓮はそれほど暑さを感じなかった。夏の陽光はまぶしくても、荒川を渡ってくる風が心地よい。美憂はきっと、朝っぱらから掃除機なんてかけていたから汗をかいているのだろう。

「どうだった？　久しぶりのバイト」

「うーん、さすがに相当ダルいんだろうなって覚悟してたんだ。でもさ、朝飯の献立考えてたら、あっという間に時間が経っちゃった。ちょっと感動したね。楽しい未来が先にあると、つまらない時間もあっという間に過ぎてくんだって」

「楽しい未来？」

「あっ、いや……」

不意に視線が合ってしまい、おかしな空気になった。お互い急に黙ってしまったり、次の言葉を譲りあって見つめあってしまうことが、最近よくある。カツン……カツン……とリズミカルに響く杖の音が、やけに大きく耳に届く。

「悪い？　楽しかったら」

「悪いなんて言ってないよ」

ふたりで笑った。照れ笑いと失笑が混じったような、変な笑い方だった。

「パラパラ漫画も描かなかった？」

「……それは言わないで」

「あのね……」

美憂の声が急にかしこまった。

「ちょっと大事な話があるんだけど……」

「えっ？」

蓮の顔はこわばった。そういう意味ありげな切りだし方はやめてほしい。不吉な予感がして、心臓に悪い。

「パラパラ漫画のおかげで、一緒に住ませてもらうことができたけど……なんかわたし、ずるかったよね？　図々しいやつだって思ってるでしょ？」

思ってねえし。

「わたしだって、ずっとこのままでいいとは思ってないの」

このままでいいよ。

「ちゃんとアパート借りて、生活整えなきゃって……でも……」

美憂が立ちどまった。蓮も足をとめる。

「お父さんが亡くなるまで、蓮くんちにいさせてください」

腰を折って、深々と頭をさげた。

「べつに迷惑でもなんでもないから……」

蓮は歩きだした。

「一緒にいると楽しいし……献立考えてるだけで、暇つぶしになるしさ……」

杖の音がついてこなかった。不安になり、振り返る。美憂はうつむいたまま、のろのろと近づいてきた。

「一泊いくらって、お金払います」

「もういいって」

美憂の歩調に合わせ、ゆっくりと歩く。

彼女があえて不安定な暮らしの中に身を置こうとしていることくらい、蓮だってちゃんと理解していた。そしてそれが、父親の死という悲しいゴールまでであることも。

そうでなければ、足にギプスをしているような状態で、奈落の底のようなネカフェに来るはずがない。余命三カ月の父親を差し置いて、自分だけ新しい生活に踏みだすことができない――初めて長い話をしたとき、彼女はそう言っていた。

「あのね……」

「なに？」

「もうひとつ、大事な話が……」

「まだあるの？」

不吉な予感を通り越し、鬱になりそうだ。

「お母さんの居場所、わかった」

予想だにしなかったきつい一撃に、蓮は思わず足をとめた。美憂も立ちどまる。視線と視線がぶつかりあう。

「……マジか？」

「ゆうべ、喜瀬川さんからメールがきたの。気になって調べてみたら永野詩音はやっぱり生きていて、横浜でお店やってるって」

瞬間、風が強く吹いた。「喜瀬川」「永野詩音」「横浜」という単語が、散りぢりになって河川敷に飛んでいく気がした。飛んでいけばいいのに。

「あんがい……近くに……いたんだ……」

「そうだね」

美憂が歩きだす。蓮も続く。カツン……カツン……と杖の音が響く。

「銀座のお店からだったら、電車で一時間もかからない。だからわたし、今日バイトが終わったら行ってみるつもり」

会話は続かなかった。しばらくの間、お互いに黙って歩いた。見つめあっているわけでもないのに、ふたりの間にまたおかしな空気が流れていた。鼓動が乱れる。息が苦しい。

それがなにかのサインであることに、蓮は気づいていた。

いままで乗れなかった自転車に乗れるような気がしたり、できなかった逆上がりができるように思えたり……そのサインは決してはずれることなく、まるで魔法にかかったようにある日突然、自転車に乗ることに成功し、逆上がりもできるようになった。昔から不思議でしようがなかった。あれはいったい、どういう現象なのだろう？　そしていまは、なにが成功しようとしているのか……。

「一緒に来てくれる？」

美憂が唐突に立ちどまり、泣きそうな顔で言った。

「蓮くんは過去なんかどうでもいいって言うけど、わたしはやっぱり知りたい。お母さんが生きてるなら、会ってみたい。どうして離ればなれになったのか、訊いてみたい……」

言葉を継ぐほど声が震える。もともと震えがちな声が、激しく上ずる。荒川の水面にさざ波が立ちそうだ。

「でもね……会いたいけど……それはそうなんだけど……ひとりで行くのは、やっぱりとっても怖くて……ホントに……蓮くんには迷惑ばっかりかけて申し訳ないんだけど……」

「来るなって言ってもついていくよ」

蓮は遮って言うと、美憂を残して歩きだした。一歩ごとにふたりの距離は離れていった。後ろからなかなか杖の音が聞こえてこなかった。どういうわけか、今度はまったく不安にならなかった。不思議な現象だった。不思議すぎて涙が出そうだ。

6

たった一日復帰しただけでまた休むのか？　とシフトの変更を拒もうとする店長を強引に説き伏せて、蓮はその日、バイトを休んだ。どうしても出てこいと言われたら、辞めてやろうと覚悟を決めていた。

バイトは深夜十一時からなのだから、横浜に行っても間に合うかもしれなかった。しかし、今夜ばかりはなにが起こるかわからない。不測の事態に備えておいたほうがいい。

なにしろ、物心つく前に生き別れた母親と再会するのである。彼女の評判はきわめて悪く、美憂がここまで発掘してきた両親の黒歴史の中でも特異な存在で、ラスボス感さえ漂っている。

もちろん、評判の悪さはなんらかの誤解の上に成り立っているのかもしれず、真実は別のところにあるのかもしれない。しかし、どういう形であれ、美憂が今夜、強いストレスを受けることは間違いのないところだろう。そんな彼女を残して、ネカフェのバイトに行けるわけがない。

美憂のバイトが終わる午後七時過ぎに、ＪＲ有楽町駅の銀座口改札で待ち合わせる約束をした。

彼女がバイトに出かけてからも、蓮は眠りにつくことができなかった。徹夜をしているのに眼は冴えていくばかりで、時間をやり過ごすためにあえて手のかかるビーフシチューをつくりはじめ、完成してもまだ午後五時過ぎだったが、もう待っていられなくて部屋を飛びだした。

おかげで、約束の時間より一時間も前に銀座に到着してしまった。せっかくだからと、美憂の働いている店をのぞいてみることにした。

東京中のパン屋をまわって、いちばんおいしいところでバイトすることにしたと彼女は言っていた。実際おいしかったし、どこのグルメレビューサイトでも軒並み上位に食いこんでいるから、名店であることは間違いない。

蓮にとってはちょっと近寄り難いほど、おしゃれな店だった。ガラス張りのパン工房を外から見られるようになっているのも格好よかったが、なにより食パンを求めて行列をつくっているのがほとんど女性であり、それもやたらときれいに着飾った人たちばかりなのに圧倒された。

蓮は行列の外側をさりげなく行き来して、店内の様子をうかがった。美憂がレジに立っているのが見えた。キャスケットのような白い帽子と白いコックコート姿で、笑顔を絶やさず接客していた。

暴力的に可愛い、と思った。体操着もどきのTシャツにショートパンツ姿には愛着があるし、キメキメの女優ふうにも幻惑されたけれど、その格好がいちばんよく似合っていた。まさしく看板娘。ほのかに漂ってくる焼きたてのパンの匂いを、彼女自身が放っているような気さえしてくる。

幸福の象徴だ。

この暑い中、行列に並んでまで食パンを買い求めようとしている人たちは、おそらくその味に魅了されているだけではないだろう。おいしい食パンを食卓に並べ、一緒に食べたい誰かがいるのだ。「おいしい！」を誰かと分かちあいたいのだ。そう考えると、美憂はただの食糧品を売っているレジの人ではなく、幸福を皆に分け与えている天使のようなものではないか。

実際の彼女は……。

幸福の天使どころか、不幸の詰め合わせなのに……。

バイトが終わればまた、過呼吸になりそうなほどつらい現実と向きあい、それでも頑張って出生の秘密を解き明かさなければならないのに……。

美憂がこちらに気づいた。

蓮は勇気を出して手を振ってみた。

仕事中の美憂はさすがに手を振り返してくれなかったが、はにかんだ笑顔が返ってきた。可愛かった。

いままで彼女を見た中でいちばん……。

なのに、蓮の胸は締めつけられる。

美憂が可愛く思えれば思えるほど、息が苦しくなっていく。


約束の時間に待ち合わせ場所に現れた美憂は、おしゃれパン屋のレジに立っていたときとは別人に変身していた。

まず、顔つきがまるで違った。河川敷では「怖い」と言って泣きそうだったくせに、覚悟が決まった険しい表情をしていた。フォーマルっぽい濃紺のワンピースは、ワードローブの中でいちばんきちんとしたものを選んだのだろう。靴もスポーツサンダルではなく、黒いパンプスだった。険しい表情と相俟って、気迫さえ伝わってくる。気を張っていなければならないと、装いで自分に言い聞かせているようだ。

横浜までは、京浜東北線一本で行けた。

京浜急行に乗り換え、ふたつ目の日ノ出町という駅で降りる。

改札を出ると、雨が降っていた。小雨だったが、売店でビニール傘を買った。二本で千百円、蓮が払った。

「もったいないよ、すぐやむかもしれないのに」

「すぐやむかもしれないけど、土砂降りになるかもしれない」

蓮としては、永野詩音の店を出たとき、土砂降りのうえに傘がない、という状況だけは避けたかった。誤解が解けて母娘感動の再会劇となり、雨を見たらさっと傘を差しだしてくれるやさしい母親であってくれればいいが、おそらくそうはならないだろう。悲嘆に暮れているところに土砂降りの雨に打たれてずぶ濡れでは、救いがなさすぎる。

日ノ出町の駅で、美憂は杖を畳んでバッグにしまっていた。それもひとつの覚悟の表れのようだった。自分の足だけで立って、母親と対峙したいのだ。

杖をついていない美憂と並んで歩くのは新鮮だった。いつもより少しだけ速いスピードが心地よく、一緒にどこまでも歩いていきたくなった。もちろん、甘い気分に浸（ひた）っている場合ではなかった。蓮も美憂も、横浜の地理に詳しくなかった。スマホで地図を何度も確認しながら、目的地を目指した。

地図上では、駅からそれほど離れていなかった。横浜の中心地だし、歓楽街のようなので、もう少しにぎやかなところを想像していたが、歌舞伎町のように原色の看板が林立しているわけでもなく、表通りから一本入ったときの闇の深さのほうが印象に残る街だった。

平日のうえに雨まで降りだしたせいだろう、人通りも少なく閑散としている。スマホの地図を頼りに川沿いの道に出ると、夜の闇はいっそう深まって、なんとも言えない妖しい雰囲気が漂ってきた。

永野詩音の店はシオンという名のスナックらしい。詩音の読み方を変えて店名にしたのかもしれない。

店がすぐに見つからなかったのは、シオンの看板がビルの高いところにしかなく、おまけに灯りが消えていたせいだ。何度も前を通っていたのに気がつかなかった。ようやく発見できたときは、雨が強まってきたせいもあり、ふたりとも足元をかなり濡らしていた。

「まったく、わかりづらい……」

蓮は灯りのついていない看板を呆然と見上げた。時刻は午後八時四十分で、シオンの営業時間は午後八時三十分から。オープン前に来ようとしていたので、看板を見落としていたことに舌打ちしたくなる。

営業時間前でも、普通なら開店準備をしているだろう。込みいった話をするのに、他の客がいないほうが都合がよかった。美憂はアポをとっていない。ネットで調べて電話番号はわかっていたが、先に連絡を入れて面会を断られては元も子もなくなる。

異様に狭くてのろのろ動くエレベーターに乗り、シオンのある五階まであがっていった。短い内廊下に、扉が三つ並んでいた。どれも重厚な木製で、外から店内の様子はうかがえなかった。扉の上には、ナンバープレートくらいの小型看板が設置されていた。シオンもそれ以外の店も、すべて灯りが消えている。オープンの時間は過ぎているのに、まだ営業していないのだろうか。

蓮と美憂は眼を見合わせた。

もちろん、ここまで来て尻込みしていてもしかたがない。美憂は何度か深呼吸してからシオンの扉の前に立ち、見ている蓮が心細くなるほど小さな拳を握りしめ、ノックした。

何度か叩いたが反応がなかったので、

「すいませーんっ！」

美憂は声をあげた。

「すいませーんっ！　すいませーんっ！　すいませーんっ！」

声が次第に悲愴感を帯びていく。母を呼ぶ、娘の声だった。表情からも余裕がなくなり、見開いた眼がうっすらと血走ってくる。

やはり、反応はなかった。

「まだ来てないのかな……」

蓮は溜息まじりに言った。

「少しここで待ってみよう。休みじゃないなら、そのうち来るよ」

「……うん」

美憂はうなずいたが、諦めきれないようでノブをつかんだ。引いたらなんと、扉が開いた。

蓮と美憂はもう一度眼を見合わせた。誰かいるようだ。

「……ごめんください」

美憂は小声で言いながら、恐るおそる入っていった。蓮も続く。美憂の背中越しに店内をのぞきこむと、暗がりから強い香水の匂いが漂ってきた。フロアの照明は消えていたが、カウンターの中だけを小さなスポットライトが照らしていた。人が立っているのが見える。ポツンとひとりだけ……。

「……誰？」

女が低い声で言った。訝しげな声だった。洗い物をしているらしく、水を流す音が聞こえた。照明が暗いのと、ウエイブのかかった長い髪に隠れているせいで、顔はよく見えない。

「永野詩音さん、ですか？」

美憂は声の震えを抑えこむようにして言った。

女は答えない。水を流す音だけが聞こえる。

「永野詩音さん、ですか？」

美憂が繰り返すと、女は水をとめ、濡れた手をタオルで拭った。

「ずいぶん古い源氏名を知ってるのね？　あっ、源氏名じゃなくて、芸名か」

低い声で、少し笑う。眼が慣れてくるに従って、女の顔が闇の中から浮かびあがってきた。肌の色が異様に白かった。目鼻立ちのくっきりした、美しい顔をしていた。ただ、どこか人間離れした存在感にたじろぎそうになった。もちろん人間なのだが、魔女とか夜叉とか幽霊とか、そういうものを彷彿させた。

「わたし、美憂です……」

声の震えはもう、抑えきれなかった。

「志田龍一に育てられた、美憂……」

女の顔色は変わらなかった。

「知ってますよね、お父さんを……」

女が曖昧に首をかしげたので、

「とぼけないでくださいっ！」

美憂が声を跳ねあげた。その声音の鋭さに、蓮は今度こそ本気でたじろいだ。縮みあがった心臓が、すさまじい勢いで早鐘を打ちだす。

「なにムキになってるの」

女が笑う。

「古い話すぎて、思いだすのに時間がかかっただけよ」

カウンターから出てきた。光沢のある濃いブルーのドレスに、薄手の黒いカーディガンを羽織っていた。美憂に近づいていき、正面に立った。ハイヒールを履いているせいだろう、美憂より十センチ以上も背が高かった。自然と見下ろす格好となる。踵の低いパンプスの美憂が、負けじと強い眼で見上げる。両足をふんばり、小さな拳を握りしめて……。

女は美憂の視線を余裕綽々で受けとめると、口許だけで薄く笑った。

「血を分けるって不思議ね。あなたのことなんて長いこと忘れてたのに、会うとなんだか懐かしい」

「そうですか」

こっちは懐かしくもなんともない、という口調で美憂は返した。当たり前だ。物心つく前に離ればなれになっているのだ。

「背は少し小さいけど、びっくりするほど昔のわたしにそっくりだもの。モテるでしょう？　わたしはものすごくモテたわよ」

今度は美憂が無視した。きっぱりと。

「それでなに？　恨み言でも言いにきた？」

女はドレスの裾を翻すと、ソファに腰をおろして脚を組んだ。細身の煙草を咥えて火をつけ、ゆっくりと吸いこんで煙を吐きだす。

仕草がいちいちエレガントなので、蓮は一瞬、見とれてしまった。気怠そうなのに、だらしなくない。生きていることに倦んでいるようでも、生活感がまったく漂っていない。かわりに気品があって華がある。気怠げな女性を演じている女優のようなのである。

「お父さん……志田龍一が末期癌なんです……もうすぐ亡くなります」

「……そう」

女は動揺も見せずに煙草を吸い、煙を吐きだす。焦らされているように感じたのだろう、美憂の横顔から苛立ちが伝わってくる。

「それを伝えにきたわけ？」

「はい」

「残念だけど、わたしにはもう、関係ない人。二十年近く会ってないし」

女は歌うように言うと、長い睫毛を伏せた。

「それじゃあ、どうして関係がなくなったか、教えてもらえませんか？」

美憂が女に一歩迫る。

女は煙を吐きだすことに夢中で、言葉を返さない。

「わたしには知る権利があると思うんです。つい最近まで、わたしは志田龍一の実の娘だと思ってました。でも、そうじゃなかった。わたしを産んだ人についても、とっくにこの世にいないって聞かされてて……」

「すごい嘘つくね、志田さんも」

女が笑う。美憂の表情が険しくなる。

「嘘でもつかなくちゃ、家族として成立しなかったんじゃないですか？　あなたがわたしを捨てたから」

美憂は、口調にも眼つきにも、精いっぱい感情が出ないようにしているようだった。しかし、胸に溜めこんでいたものがどうしてもこぼれる。体中からあふれて、自分を放置しつづけた母親を責めたてるオーラとなる。

「なんとか言ってくださいっ！」

美憂が悲鳴にも似た声をあげたとき、突然音楽が鳴りだした。スマートフォンの着信らしい。

「ちょっとごめん」

女が立ちあがってカウンターの中に戻っていく。音楽が長く続いているから電話の着信だろう。蓮でも知っている古いスタンダードナンバーだった。フライ・ミー・トゥ・ザ・ムーン。わたしを月まで連れてって。

「もしもし……」

電話をとった女は、こちらに聞こえないように口許を手で隠した。それでも、「今月はちょっと」とか「ジャンプできません？」などという言葉が切れぎれにもれ聞こえてくる。生き別れた娘が突然姿を現しても眉ひとつ動かさなかったのに、焦燥感が伝わってきた。長い髪をしきりにかきあげては、カウンターの中を行ったり来たりしている。カツカツとハイヒールの音が響く。

蓮は美憂と眼を見合わせた。言葉を交わさなくても、お互いに同じことを考えているのはわかった。

借金の取り立てだ……。

永野詩音の強烈な存在感に気をとられてそれまで見逃していたが、よく見るとその店は相当に場末感が漂っていた。

店の入ったビルそのものも年季が入っていたけれど、どう見ても繁盛しているようには見えない。棚に並んだ酒瓶が少ないのは、仕入れが滞っているからだろう。歯抜けの口許を見せつけられたような、みすぼらしさを感じる。ワインレッドのソファは、ヴェルヴェットの生地がこすれてところどころ黒ずんでおり、クッションが飛びだしているところまである。羽振りのいい客が、こういう店で飲むとは思えない。

「ごめんなさい」

女が電話を終えて戻ってきた。

「申し訳ないけど、長い話には付き合えそうもないわね」

「出直してくれればいいですか？」

「それもお断り。もう来ないで」

「わたしは実の父親が誰かもわからないんですよっ！」

美憂が叫ぶと、女は大きな声を出すなというふうに顔をしかめた。

「あなたの実の父親こそ、とっくにこの世にいないわよ。十八歳のわたしを愛人にしてた、還暦過ぎの社長だもん。寿命で死んだわけじゃないけどね。あなたが生まれる前に、会社が傾いて首吊っちゃった」

美憂は啞然としている。するに決まっている。小さな肩が、可哀相なくらい震えている。

「わたしはね、自分のことがとにかくいちばん大事なの。自由を奪われるのがなによりも嫌い。欲しいものは絶対に手に入れようとするし、そのためにはどんな不様なことでもする。他人(ひと)になに言われても全然平気。もちろん、鼻もちならない女だってことくらい、自分でもわかってるわよ。でも、それが自分なんだからしかたがないじゃない？　いままでそうやって生きてきたし、これからもそう。まわりにたくさん迷惑をかけてきたけど、あなたもそのひとりってわけ。だから、恨みたいだけ恨みなさい。あなたにはその権利がある。でも……」

フィルターの部分が赤く染まった煙草を、灰皿に押しつけた。指先が震えている。真っ赤な唇もだ。

「でもね、もう会いにはこないで……好き放題に生きてたって、人間の心をなくしたわけじゃないから……血を分けた娘にそんな眼で見られると、傷つくから……わたしはたぶん、いろんなことの報いを受けて、死んだら地獄に堕ちるでしょう。でも……だから……」

「わかりましたっ！」

美憂が遮るように言った。

「わたし、もうここには来ません。来ませんから……」

このましゃべりつづけさせると、女が泣きだしてしまいそうだったので、話を遮ったように、蓮には見えた。

「帰る前に、ひとつだけ教えてください」

「……なに？」

女は再び煙草を咥え、火をつけようとしていた。ライターのガスが切れかかっているらしく、なかなかつかない。火花だけが散る。女は苛立ってライターを振りまわし、長い髪をかきあげる。

「いま誰かと結婚してるんですか？」

か細い声で美憂が訊ねると、

「籍は入れてない。いままで誰とも」

女は尖った声で返した。まだ火がつかない。

「子供は……」

「あなた以外に三人」

女はようやく煙草に火をつけることに成功すると、安堵の溜息をつくように煙を大きく吐きだした。

「全員、父親が違うんだけどね……でも不思議。ふふっ、あなたの父親、そんなに男前じゃなかったのに、あなたの顔がいちばんきれいよ」

「失礼しますっ！」

美憂が一礼を残して店を飛びだしていったので、蓮はあわてて追いかけた。現実感が失われていた。永野詩音は徹頭徹尾、映画のスクリーンの中にいるように日常から切り離されていた。内廊下に出ると少しだけホッとしたが、時空を飛び越えたような衝撃が激しい眩暈を起こさせた。シミの浮かんだ天井が、ぐるぐるまわっているようだった。

美憂はエレベーターの前でしゃがみこんでいた。小さな背中を震わせ、嗚咽を嚙み殺すようにして泣いていた。蓮は声をかけられず、その場に立ちつくしていることしかできなかった。

第三章　花火の向こう側

1

眼を覚ますと、顔も体も汗みどろだった。

蓮の部屋のダイニングは暑い。西向きなうえにカーテンがなく、午後になると強烈な西日が差しこむ。クーラーは寝室にしかないから、引き戸を開けて冷風をこちらまで呼びこまなければ灼熱地獄だ。おかげで、自分のかいた汗の臭いやヌルヌルした不快な感触で眼を覚ますことになる。

寝室の引き戸は閉まっていた。

蓮がひとりのときは開けっ放しなので、美憂が在室しているということである。

横浜に行ってから、すでに一週間が経過していた。

美憂は永野詩音と対面したショックからいまだ立ち直れないようで、バイトを休んでいる。「大丈夫？」と訊ねると無理に笑顔をつくるけれど、あきらかに眼つきが虚ろで、生気に乏しい。食欲もないらしく、コーヒーだけですませたり、頑張って食べはじめても完食できなかったりする。

当然と言えば当然の気もするが……。

バイトは休んでいても、美憂は毎日、父親の見舞いに行っていた。

産みの母に受けたひどい仕打ちを、育ての父に癒やしてもらいたいのだろうと思うと、せつなくてしようがなかった。血が繋がっていなくても、美憂と志田龍一には絆がある。記憶もない幼少時から現在まで一緒に過ごした時間は、固い絆を育んだに違いない。そしてもうひとつ。ふたり揃って、永野詩音に捨てられたという因縁まで発覚した。

三日前、蓮もホスピスまでついていった。

もし話ができるようならきちんと挨拶しなければと、気持ちを整え、新品のシャツを着て向かった。志田龍一は眠っていた。このところ、ずっとそういう状態らしい。眼を開くこともなければ、言葉を発することもないという。

ホスピスの部屋は時間がとまったような静寂に包まれていた。

ベッドで眼を閉じている志田龍一は、げっそりと頬が痩せこけて黒ずんだ顔をしていた。

頭髪に脂気がなく、白髪まじりの無精髭を生やし、加齢臭を何倍にも濃縮したような嫌な臭いがして、素人目にも死期が間近に迫っているように見えた。その顔を眺めながら、蓮はぼんやりと思った。

もし意識が戻ったら、美憂は永野詩音について話をするつもりなのだろうか。

横浜での出来事は、蓮の心にも暗い影を落としていた。

百歩譲って、永野詩音の気持ちもわからないではない。二十年近く会うことがなく、存在さえ忘れかけていた娘がいきなり目の前に現れたりしたら、あんなふうに開き直るしかないのかもしれない。

それでも、開き直られた美憂のほうはたまったものではないだろう。嘘でもいいから、涙ながらに謝罪して、懺悔の言葉を口にすることはできなかったのだろうか。愛人をしているときにできた子供とか、父親が違うきょうだいが三人もいるとか、二度と会うつもりがないのなら、黙っておけばいいではないか。

キャラウェイの笹沼に会ったときも、喜瀬川のオフィスを訪ねたときも、それぞれ美憂はショックを受けていたが、涙までは見せなかった。しかし、永野詩音のときは、エレベーターの前でしゃがみこんだまま、三十分も泣いていた。声こそ押し殺していたものの、顔を真っ赤にして。

蓮はなにもできない自分が歯痒かった。しかし、自分にできることはなにもない、とも思った。慰めの台詞くらいで、美憂が救われるわけがない。

それでも……。

なんとか慰めることはできないかと、この一週間、ずっと考えつづけている。美憂はあれから、永野詩音の話題を絶対に口にしないから、それについてあれこれ言うのはやめたほうがいいだろう。過去など気にせず未来のことを考えたほうがいいとか、薄っぺらい持論を展開したところでがっかりされるだけだ。そういう方向ではなく、なにかいい気晴らし方法はないだろうか……。

シャワーを浴びてぼんやりしていると、いつの間にか夕方になっていた。寝室の引き戸は閉まったままだった。今日はホスピスに行かないのだろうか。もしかすると、蓮が寝ているうちに行ってしまったのかもしれないが。

冷蔵庫がからっぽだったので、買い物に出ることにした。

ちょっと遠いが品揃えはいいスーパーに行くため、自転車に乗ってのろのろと大通りに出ていくと、色鮮やかな浴衣姿がやたらと眼についた。普段は地味な街並みが、見違えるほど華やいでいた。

近くでお祭りでもあるのだろうか。蓮はこのあたりに引っ越してきてまだ一年、どこに神社があるのかさえ知らない。

「あのう、すみません……」

信号待ちをしている浴衣の女の子に訊ねてみた。

「どこかでお祭りでもやっているんでしょうか？」

縁日なら、気晴らしにうってつけだ。美憂を誘って行けばいい。金魚すくいにヨーヨー釣り、射的に輪投げ、童心に返ってそういう遊びに興じてみれば、少しは笑顔を取り戻してくれるかもしれない。

「お祭りっていうかぁー」

中学生らしき女の子は、友達と眼を見合わせてクスクス笑いながら答えた。

「今日は隅田川の花火大会！」

パチンと指を鳴らした蓮に、彼女たちは不気味なものを見たような眼を向けてきたが、かまっていられなかった。蓮は早口で礼を言って自転車をUターンさせ、自宅に向かって全力でペダルを漕ぎはじめた。

地下鉄の階段をのぼって地上に出ると、浅草駅周辺の道路はすでに交通規制され、歩行者天国になった車道に人があふれていた。

道路の脇にはずらりと屋台が並び、焼きそばやタコ焼きを頬張りながら歩いている人も多い。夕暮れが近くても、アスファルトには昼間の熱気がまだ残って、ソースの焦げる匂いがトッピングされた熱風が吹いてくる。

「すごい人……」

美憂が圧倒された顔でつぶやく。

「これみんな、花火を見にきた人たちなの？」

「そうそう。でも、うまいこと場所とりしないと、暑い中強制的に歩かされて大変なことになるんだ。汗みどろで花火どころじゃない」

「場所なんてとれるわけ？　花火、七時からでしょう？　もう六時四十五分よ」

「まかしときなって。今日が花火だってすっかり忘れてたけど、俺、浅草生まれ、浅草育ちなんだから」

蓮は得意げに胸を張った。昔バイトしていた倉庫の屋上から幼なじみの家の物干し台まで、場所のあてなら三つも四つもある。

まず向かったのは、かつて実家があったマンションだ。隅田川沿いに建っていて、眼と鼻の先で花火があがる。夜空が燃えあがるような大迫力で見物できるから、第一候補である。

「もう少し早く気づいてればなあ……」

蓮は痛恨の思いでつぶやいた。行き交う女たちの多くは、艶を競うように華やかな浴衣姿だった。浅草はおそらく、日本でもっとも浴衣が似合う街のひとつだ。しかも花火大会となればめかしこむのも当然で、子供からお年寄りまで伝統のおしゃれを楽しんでいる。

一方の美憂は、体操着じみたTシャツとショートパンツ。時間がなかったので、部屋着のまま引っぱってきた。無念としか言い様がない。

「浴衣を着てれば気分が全然違うと思うんだよなあ……もう始まるんじゃレンタルだって無理だもんなあ……」

「蓮くん、いつも浴衣着るの？」

「えっ？　違うよ、そっちだよ」

蓮は笑った。

「浴衣を着たら……絶対……可愛かった……よ」

「そんなのいい」

美憂は頰をふくらませてそっぽを向いた。とても浴衣を着て浮かれる気分ではない、と言いたいようだった。

たしかにそうかもしれないけれど、思いきって浮かれてみれば、分厚い雲に覆われている気分も、少しは晴れるかもしれないではないか。花火でも神輿でも盆踊りでも、祭りなんてそのためにこそ存在する。つらい日常から一瞬でも眼をそらすために、華やかに着飾って馬鹿みたいにはしゃぐのだ。

人波の間を泳ぐようにして、かつて実家があったマンションに辿りついた。

管理人は母とてとても仲がいいので、蓮も昔から可愛がってもらっている。タワーマンションに引っ越して以降も、お裾分けを届けにきたり、旧住所に届いた手紙をピックアップしにきたり、交流は続いた。一度ひとりで花火を見てみたくて、こっそり非常階段に通してもらったことだってある。

「おや、珍しい」

管理人の林さんは、七十を過ぎたお爺ちゃんだ。蓮の顔を見ると管理人室の窓を開け、皺だらけの顔をさらに皺くちゃにした。

「花火なら、おうちのタワーマンションからも見られるんじゃないかい？」

「こっちのほうが迫力あるもの。いいでしょ、非常階段」

「かまわないが……ハハッ、まさか蓮坊が彼女を連れてくるとはなあ」

「かっ、彼女じゃないよ。勘違いしないでくれよな」

蓮は顔が熱くなっていくのを感じ、挨拶もそこそこにエレベーターに向かった。美憂を見ると、顔を真っ赤にしていた。まったくデリカシーがない。気まずい雰囲気になってしまったではないか……。

そのマンションはかなり古いので、建物の外側に昔ながらの鉄製の非常階段がついている。エレベーターで最上階の八階までのぼり、非常階段に出てさらに上を目指す。屋上は閉鎖されているが、すぐ手前まで行ける。ベランダから見物する住人より、上から見られる特等席である。

「どう？　ベストポジションでしょ」

「ホントだね」

美憂は鉄柵に肘をつき、眼を細めて笑った。さすがに感心してくれたようだ。眼下には、隅田川が間近に見える。ピンクやブルーのネオンをつけた屋形船が賑々(にぎにぎ)しく集い、花火が打ちあがるのをいまや遅しと待ちわびている。

そのときになって蓮は、手ぶらであがってきてしまったことに気づいたが、飲み物や食べ物を買いにいっている暇はなさそうだった。薄紫色に暮れなずむ空にポンポンと白い煙があがり、花火が始まることを告げている。もはや空を見上げて待つのみだ。

やがて、小さな火の玉がするすると空高くのぼっていき、大輪の花火が咲いた。続いて、ドドーンという爆音が、耳はもちろん腹にまで響いてくる。美憂がびっくりしている。ここまで近いとは思わなかったらしい。

花火は続けざまに打ちあがり、刻一刻と暗くなっていく空に、カラフルな色彩を次々と浮かびあがらせた。空一面に火花を散らす菊花火の迫力に地上の観客から大歓声が起こる。しだれ柳にどよめく。浅草の街全体が、年に一度の夜空の祭典に揺れている。

「うわあっ！　うわあっ！」

美憂は眼を輝かせ、声をあげたり拍手をしたり、夢中になっていた。あまり気乗りしているようには見えなかった彼女を、半ば無理やりでも連れてきてよかった。蓮は花火と美憂の横顔を交互に見ていたが、そのうち無邪気に喜んでいる美憂から眼が離せなくなった。可愛いな、ちくしょう……。

ドドーン、ドドーン、と耳をつんざく爆音を全身で受けとめていると、胸の奥に隠している感情まで揺さぶられた。不意に目頭が熱くなって、蓮は感極まりそうになってしまった。

美憂はこれから、どういう未来を歩んでいくのだろう？　父親が亡くなった先に、どんな将来をイメージしているのか。パンが好きだからパン屋さん——ひたむきな彼女はきっと、夢を実現させるために着々と努力を重ねていくに違いない。その姿は想像できるが、取り返しがつかないほど傷ついてしまった心を、どうやって回復させるつもりなのだろう？

夏の夜空を彩る花火は一瞬にして燃え尽き、次の花火があがれば思いだされることもない。潔いけれど、せつなくなってくる。宇宙的なレベルで見れば、人の一生だって本当はその程度に刹那的なものかもしれないのに、人は誰も思い悩むことをやめない。

いや、世の中には、過ぎたあやまちを反省することなく、派手な花火をバンバン打ちあげるような生き方をしている人もいる。たとえば、永野詩音がそうだ。彼女が輝けば輝くほど、まわりの闇は深くなる。人々は花火に魅了されても、その背景で闇に染まっている孤独な夜空のことは考えない。

やがて静寂が訪れた。花火が終わったのだ。花火は近くで見れば見るほど、その迫力に圧倒されればされるほど、終わったときの喪失感が強い。やたらと喉が渇いたり、空腹感を覚えるのはそのせいだ。

蓮も喉がカラカラに渇いていた。冷たいお茶を飲み、屋台の焼きそばでも食べれば、この花火見物を満足に締めくくれるような気もした。

しかし、それを押しとどめる正反対の欲求もまた、蓮の中にはあるのだった。この場から動きたくないという……。

「いま下に行くと混んでるからさ、しばらく待とう」

蓮は美憂に声をかけ、非常階段に腰をおろした。美憂は座ろうとはせず、鉄柵に肘をついたまま、漆黒の夜空を眺めている。もっと花火を見たいようだったが、次にあがるのは来年だ。隅田川に浮かんだ屋形船もぞろぞろと帰路につきはじめ、景色は淋しくなっていくばかりである。

どれくらいの間、そうしていただろう？

花火の残響が耳底にこびりついているせいか、時間の感覚が少しおかしかった。美憂の背中がグラリと揺れるのが見えた。ずっと立ちっぱなしだったから、万全ではない右足に力が入らなくなったのだろうか。すぐ後ろにいた蓮は反射的に立ちあがり、背中を抱きかかえた。見た目にも小さな美憂の体は、綿菓子みたいに軽くて、温かかった。

大丈夫？　と訊ねたいのに、声が出なかった。美憂はすでに自分の両足で立っていたが、抱きかかえるのをやめることもできなかった。もはや、支えているのではなく、完全に抱きしめていた。してはいけないことをしているという自覚はあり、罪悪感が心を千々に乱した。

これではネカフェで美憂に襲いかかった男と同じではないか、と怖くなった。しかし、蓮はムラムラなんてしていなかった。そんな曖昧な感情ではなく、もっとくっきりした輪郭をもつ強い意志が、胸のいちばん深いところにあった。

「来年も……」

いまにもかすれそうになる声を、必死に絞りだす。

「来年もまた、一緒に来よう……一緒に花火見よう……絶対、浴衣似合うからさ……プレゼントするから……いちばん似合う色と柄、探して……」

美憂は言葉を返してくれない。振り返りもしない。ただ、蓮の腕の中にいることを拒みもしない。じっと動かないまま、小さな息づかいだけを伝えてくる。

「好きだから……」

自分の発した言葉の重さに、両膝が震えはじめる。

「ずっと一緒にいたいから……一緒にいると楽しいから……明日も一緒にごはん食べて……河原を散歩して……バドミントンだって練習してさ……来年もまた、ここに来よう……」

熱いものがこみあげてくる。だが、泣いたりしたら台無しだ。頑張って、気持ちを全部伝えるのだ。

「そういうの……未来への希望って言わないか？」

「わたしは……」

美憂がようやく口を開いた。

「わたしには、無理だよ……」

「なにが？」

「わたし……人を好きになれる自信がないもの……どうやって愛しあっていいか、わからないもの……だって……あんな人が母親なんだよ？」

蓮はぎゅっと抱擁を強めた。

「そういうこと……言わないで」

「わたしね、お父さんとお母さんはすごく愛しあってたって、ずっと思ってた。お母さんは早くに死んだって聞かされてたから、お母さんが死んでからもお父さんはずっと好きだったって……一生愛し抜くんだろうなって……だから再婚もしないで、男手ひとつでわたしを育ててくれたって……でも、違うよね？　あんな人のこと、愛せるわけないもんね？　逆に、すごく恨んでたんだと思う。わたしも馬鹿だよなあ……お父さんがお母さんの話をまったくしないのも、写真一枚残ってないのも、失われた永遠の愛を封印するためとか、勝手にロマンチックに解釈してたんだから……普通に考えたら、思いだしたくないだけだよ」

蓮は言葉を返せなかった。話をしながら、美憂の体がどんどん冷たくなっていくのを感じていた。冷たいうえに硬くこわばり、最初は綿菓子みたいに軽くて温かかったのに、まるで石でできた地蔵を抱きしめているようだった。

2

花火が終わったあと、蓮は美憂を送っていったん帰宅してから、ネカフェに向かった。バイトがあってよかった。美憂と一緒にいたかったが、一緒にいないほうがいいとも思った。一緒にいれば、どうしたって告白のことを思いだしてしまう。お互いに。

客観的に見れば、コクってふられた——ただそれだけの状況かもしれない。しかし、蓮は自分でも驚くほど冷静だった。今夜のたった数時間で、大人の階段を一気に何段ものぼってしまったような、そんな気分だった。

自分の気持ちを誤魔化さず、きちんと美憂に伝えられたことが大きい。生まれて初めて異性に対して好きだと言った。抱きしめたのだって、もちろん初めてだった。

美憂は蓮の気持ちを受け入れてくれなかった。それが現実には違いないけれど、ふられたというふうにはどうしても思えない。現実に遮られた向こう側に、ほのかな希望の光が見える気がする。

好きだと言った蓮に対して、美憂が嫌いだと言わなかったからだ。拒絶の言葉をいっさい口にしなかった。

これが希望の光でなくて、いったいなんだろう。ほんの小さな、暗い森の中で蛍が一匹飛んでいるような弱々しい光かもしれない。それでも光であるならば、この手でなんとかつかみとりたい。

ぼんやりとではあるけれど、蓮は美憂と気持ちの繋がりがあるような気がしてならなかった。似た者同士、ということもある。お互いに、両親が愛しあっている光景を見ずに育った。

だが、それだけではない。言葉ではうまく言い表せないけれど、自分と彼女を繋いでいる一本の細い糸のようなものが、たしかにある気がする。

逆になにもなければ、男のひとり暮らしの部屋に居候なんてするわけがない。彼女自身さえなにが飛びだすかわからないプライヴェートを暴く現場に、同行を許したりしない。

それはもう、似た者同士ということだけでは説明できない固い絆だ。限りなく愛に近い、友愛とかシンパシーみたいなものだ。美憂だって本当は、蓮の気持ちを受けとめて、ぬくもりを伝えあいたいという思いが、心の片隅にあるのではないだろうか。

問題は、永野詩音にあてられた毒が強すぎたということだろう。あまりにも強烈すぎて、美憂は自分の血を呪いはじめている。好きとか愛しているという感情にアクセスしようとすると、母親を思いだしてがっかりし、手も足も出なくなってしまうのだ。もはや母親を憎悪し、その血を呪うことでしか、楽になれる道はない——そういう心境なのである。

もちろん間違っている。血を呪ったところで楽になんてなれないことを、蓮は誰よりもよくわかっている。だがそれを、話しあうつもりはない。美憂にはもうこれ以上、自分を傷つけるようなことを口にしてほしくない。

今日のところは、いったんこれでＯＫだ。

焦る必要なんてどこにもない。世の中には時間が解決するということもある。ゆっくり時間をかけて、永野詩音の毒を抜いていけばいい。できることはなんでも協力するから、美憂に健やかな心を取り戻してもらいたい。

次の一歩を踏みだすのは、それからでも遅くないはずだ。

ふられたけど脈はある。あるはずだ。たぶんある――そんなふうに自分を励ましながら家を出たものの、蓮を待ち受けていたのは悪夢のような災難だった。その日のバイトは、ちょっとあり得ないほど凶事が連鎖した。

事の発端は、半年近く滞在しているネトゲ廃人が、席に置いてある私物を誰かに漁られたとすさまじい剣幕で詰め寄ってきたことだった。店内で話しているとうるさいので事務所にうながそうとしたが、コミュ障気味なのでまともな会話が成りたたず、一一〇番に通報された。

制服警官がふたりやってくると、今度はそれを見た泥酔客が横から突っかかり、警官が冷ややかな態度をとればとるほど激昂して、信じられないことにつかみかかった。さすがに殴りはしなかったが、意味不明なことをわめき散らしているのでパトカーで連行された。かつて警官に理不尽な思いでもさせられたのだろうか。理由はわからないが、完全にどうかしている。

騒ぎが大きくなると他の客も続々とカウンターに押し寄せてきて、うるさくて眠れないから金を返せ、返せないなら一日タダ券をよこすべきだと、唾を飛ばしてからんできた。てっちゃんは早々にトイレに逃げてしまったのでワンオペだ。もうめちゃくちゃだった。ネカフェの店内は手のつけられないカオスと化し、朝方まで騒然としていた。

バイトを終え、ネカフェを出た蓮は息も絶えだえで、まぶしい朝日に顔を照らされると、路上に倒れこみそうになった。

それでも蓮には、眠りにつく前にまだひとつ大きな仕事が残されていた。朝食をつくり、美憂と一緒に食べるのだ。なるべくいつも通りに、明るく振る舞う必要があった。昨日の気まずいムードを引きずっていると、せっかく築きあげたいままでのいい関係が壊れてしまうかもしれない。

ところが……。

凶事の連鎖は収まることなく、蓮はすんなりと帰宅することができなかった。

地下鉄が地上に出たあたりで、母から電話がかかってきた。午前七時四十五分である。こんな早くに母から電話がかかってきたことはない。それに、普通ならまずＬＩＮＥを送ってくる。

不吉な胸騒ぎがした。

「いますぐうちに来なさい」

母はそれだけ言うと、事情の説明もせずに電話を切った。高圧的なのはいつものことだが、胸騒ぎが激しくなった。急いで逆方向に乗り換えた。誰かが亡くなったのではないか、というのが最初に頭をよぎったことだった。祖父も祖母も八十歳に近い。いつなにがあってもおかしくない。

浅草の街には、ゆうべの花火大会の残滓がまだ漂っていた。体にまとわりついてくる祭りのあとの熱っぽい空気を振り払いながら、タワーマンションまで走った。息が切れ、汗が噴きだしてきた。一年ぶりに実家の扉を開いたときには、Tシャツが絞れそうになっていた。

「お腹すいてるでしょう?」

それが顔を合わせたときの、母の第一声だった。拍子抜けするほど普通の態度だったと言っていい。

リビングのテーブルには、朝食の準備がされていた。焼き海苔、納豆、生卵、出来合の漬け物……洒落たランチョンマットと瀬戸物で旅館の朝食のように演出しているが、料理を面倒くさがる母らしい献立だった。どうせ味噌汁はこれからインスタントにお湯を注ぐのだろう。

「どういうつもり？」

　蓮は汗まみれの顔を手のひらで拭いながら言った。

「俺、誰かが亡くなったのかと……」

「馬鹿じゃないの。そんなわけないでしょ。とにかくごはん食べなさい。せっかくつくったんだから」

　茶碗に盛られた白飯はさすがに自宅で炊いたものだったが、味噌汁は予想通りのインスタントだった。蓮は呆然としていた。まさか、こんな特別感のない普通のごはんを一緒に食べるために、朝っぱらから呼びだしたのだろうか。アパートで自分のつくる朝食を待っている美憂のことを思うと、怒りがこみあげてきた。しかし、蓮にはもう、怒り狂う気力がなかった。

　むしろ泣きそうだった。どうして自分ばかりこんな目に遭わなければならないのだと、ゆうべから続く悲惨な運命を嘆いた。食欲なんてまったくなかったが、かきまぜた卵を白飯にぶっかけ、涙を抑えこむように流しこんだ。食べなければ帰らせてくれない雰囲気なので、食べるしかなかった。

「林さんに聞いたわよ」

相対して座った母が、片眉をもちあげて言った。

「あなたゆうべ、ガールフレンドと花火を見たんですって？」

蓮は天を仰ぎたくなった。なるほど、そういうことだったのか。下町の人間には口が軽い傾向がある。林さんに念入りな口止めをしなかったのは、こちらの落ち度だが……。

「どういう子なの？」

「言いたくない」

蓮はきっぱりと言い返した。

「こっちはもう、独立してひとりでやってるんだ。干渉しないで」

「ひとり暮らし始めたからって、親子は親子でしょ？　あなた、誰に育ててもらったと思ってんの？　お母さんに言えないような子と付き合ってるわけ？」

「付き合ってないし」

「お母さん、知ってるんだからね。滑谷さんに頼みごとしたの、その子のためなんでしょう？　男友達なんて言ってたけど、あなた嘘つくの下手だからすぐにピンときた。あなたが普通の男友達のために、わたしに頭さげてまで滑谷さんに繋いでくれなんて言うわけないもの」

蓮は茶碗と箸を置き、母を睨んだ。母が睨み返してくる。睨みあいで、母に勝てた例しはない。口論になれば、もっと旗色は悪くなる。それでも、もう黙っていられなかった。

「うんざりなんだよ」

蓮は立ちあがって言った。

「育ててくれたことには感謝してるけど、そういうところ、マジでうんざりだ。こっちはもう成人してるんだから、いい加減、放っておいてくれよ」

「そういう台詞は、きちんと就職してから言いなさい」

「……帰る」

蓮は出ていこうとしたが、

「滑谷さんに聞いたんだから」

母の言葉が邪魔をした。

「あなたが話していたキャラウェイって会社の人、不倫して会社を辞めたんですってね？あなたのガールフレンドは、不倫した男の娘さんなんでしょ？」

「……それがなにか？」

蓮は体が震えだすのをどうすることもできなかった。この人は、どうしていつもこうなのだろう？

育ててもらって感謝していることは嘘ではない。悪事に手を染めて、泣かせてしまったことだって後悔している。だが、親としての過剰な支配欲が、蓮の心を歪ませる。愛情を隠れ蓑にしているだけに、始末が悪い。

この母のせいで、蓮はいままで女友達がひとりもできなかった。いつだって、母が妨害するからだ。隣の席が女の子だというだけで、勉強の邪魔になると担任に文句を言うようなモンスターペアレントだったのだ。おかげで蓮は、まわりに誰もいないポツンとした離れ小島で授業を受けていた時期がある。

「あなたね、不倫なんかする親に育てられた子を信じちゃダメよ。もう大人だっていうなら、それくらいのことわきまえて」

意味がわからなかった。浮気は遺伝するとでも言いたいのだろうか。馬鹿馬鹿しい。まともに取りあう話ではなかったが、鼻で笑ってやりすごすには、今日の蓮は虫の居所が悪すぎた。

「自分も似たようなもんなくせに」

「はっ？　なんですって？」

「自分だってバツイチなんだから、似たようなもんだろ」

「蓮、あなた、言っていいことと悪いことがあるわよ。お母さんはお父さんに浮気されて別れたの。不倫をされたほうの被害者なの」

「浮気されるほうにも問題があると思うけどね」

蓮は吐き捨てるように言った。

「だって、結婚生活に不満がなかったら、他に眼がいくわけないもの。俺にはお父さんの気持ちがちょっとわかる気がするよ。仕事ができて、外面だけはやたらといい奥さんが家の中でふんぞり返ってたら、浮気のひとつもしたくなるさ。清く正しく生きてればいいってもんじゃないと思うよ」

「……この子はっ！」

ガタンと椅子を倒して立ちあがった母は、蓮の胸ぐらをつかんできた。歪んだ眼に涙を浮かべ、唇がびっくりするくらいぶるぶると震えていた。なにか言いたいようだったが、言葉が出ない感じだった。次の瞬間、バチンと音がして、頰を平手で打たれた。歪んだ眼からは、大粒の涙がこぼれ落ちた。母に泣かれたのは、これで二度目だった。殴られたのは初めてだ。

母は暴力を蛇蝎のごとく嫌っている。相手を埋詰めで言いくるめる自信があるから、子供相手でも決して手をあげない親だった。

バシ、バシ、と頰を打つ手のひらを、蓮は逃げずに受けとめた。母の泣き顔には胸が張り裂けそうだったが、頰が痛いのは平気だった。むしろ、少し得意な気分だった。そーれ見ろ。

普段は暴力を否定しているくせに、地雷を踏まれれば自分だって手をあげるじゃないか。正しいことだけを貫き通すなんて、できていないじゃないか……。

3

「うん、うん……ごめんね。先方には本当に申し訳ありませんってくれぐれも伝えてちょうだい。明日以降、最優先で時間をとらせていただきますって……うん、午後には行けると思う……そうね、よろしくお願いします」

電話を切った母が、眼尻の涙を指で拭いながら睨んでくる。事務所に半休を伝える電話を入れたのだ。仕事人間の母が打ち合わせをドタキャンするなんて、珍しいに違いない。眼つきが恨みがましい。それでも蓮は、悪いことをしたというふうには思えなかった。

蓮の頬を叩き疲れた母は、床にうずくまってさめざめと泣いた。窃盗事件で逮捕されたときよりも、修羅場だった。あのときも、母の眼からは涙の粒がこぼれたけれど、毅然とした態度を保ったままで、感情を露わにはしなかった。

しかし、感情的になるのは悪いことばかりではない、と蓮は思っていた。この状況が、自分と母の間にある溝を埋めるチャンスにはならないだろうか。

「話を聞かせてもらえないかな？」

泣いている母の背中に、蓮はささやきかけた。

「お母さんがお父さんと、どんなふうに付き合いはじめて、どんなふうに結婚して、どんなふうに別れたのか……俺、全然聞かされてないよね？　そういう話、聞かせてもらえないかな？」

母はしゃくりあげながら、不思議そうな顔を向けてきた。たしかに不思議だろう。母はいままで別れた夫について「浮気をしたひどい男」という極悪キャラでしか語ってこなかったが、蓮もまた、離ればなれになった父について積極的に知ろうとしなかった。母の顔色をうかがっていた面もあるけれど、知ったところでいいことなんてないだろうと考えていた。

実際、両親の黒歴史と向きあうことで美憂は傷だらけになり、七転八倒している。彼女はゆうべ、人を好きになれる自信がないと言った。どうやって愛しあったらいいかわからないと、小さな体を石でつくった地蔵のように硬くしていた。親に教わっていないからだ——彼女はそう言いたかったのだ。

蓮も同じようなものだった。両親が仲良くしているところを見せられることなく、子供のころから恋愛関係のネガティブな面ばかり刷りこまれてきた。

それでも人を愛したいなら、この母親と真っ正面から対峙しなければならないと思った。

いままでのように臭いものに蓋をしたままでは、美憂の気持ちに寄り添えない。わかってやれるわけがない。

母はテーブルを片づけ、お茶を淹れてくれた。仕事を優先するため、極力炊事をしない方針の母であるが、お茶の淹れ方だけは抜群にうまかった。どうせ仕事で必要だから身につけたに決まっているけれど、蓮は母の淹れるお茶の味を嫌いにはなれなかった。

「あの人と知りあったのは、大学のサークル……」

泣き腫らした顔の母は、彼女にしてはしおらしい口調で話を始めた。暴力を振るってしまったことを、後悔しているのだろう。そうでなければ、父の話をしてくれることもなかったはずだ。

「わたしが先輩で、向こうが三つ後輩。それは知ってるわよね？」

蓮は曖昧にうなずいた。面と向かって話を聞かされたわけではなく、周囲の会話からなんとなく察していた程度だ。

「なんのサークル？」

「広告研究会」

蓮は二重の意味で驚いた。意外だったのはもちろん、美憂の父親との共通点があったからだ。そして、大学の広告研究会なるものは、いかなる研究をする集団だろうかと首をひねりたくなった。

「バブルのころに流行ってたのよ。映画や小説やテレビ番組はもう古くて、広告がいちばん新しいって思われてる時代だったの。って言ってもまあ、やってることは、せいぜい学祭のときに文化人を呼んでくるくらいのもので、あとは飲み会ばっかり。合宿とかね。スキーやったりダイビングしたり、いま考えると遊んでるみたいなものだった。当時はわりと真剣で、お酒飲みながら小難しい議論とかもしてたけど……わたしは仕切りが得意だから、三年のときは部長だった。四年のときに、彼がサークルに入ってきたの。蓮は大学行ってないからピンとこないかもしれないけど、大学のサークルで四年生と一年生っていったらね、神様と奴隷くらいの差があるわけ。言ったら悪いけど、お父さんはその奴隷の中でも、かなり冴えない部類だった。わたしたちが付き合いはじめたとき、まわりはみんな腰抜かしてたから」

「すいません」

蓮は質問をするために手をあげた。子供のころ母から勉強を教わっていたときの所作を、あえてやってみた。

「はい、蓮くん、なんでしょう？」

母も専任家庭教師の顔に戻って指差してくる。付き合ってくれたのだ。話しているうちに、多少は気持ちの余裕を取り戻したらしい。

料理はつくってくれなくても、勉強を教えるのは大好きな人だった。蓮もまた、母に勉強を教わるのが好きだった。勉強が好きだったわけではない。くるり、くるり、とふたりして親指の上でペンをまわしながら、問題を解いていくあの時間が好きだったのだ。いつも忙しくしている母が、そのときだけはずっと一緒にいてくれた。おいしいお茶も淹れてくれたし、勉強がはかどれば自分のことのように喜んでくれた。

「ちょっとよくわからないんですが、奴隷が神様に憧れるのはありだとしても、神様が奴隷のことなんて好きになるんでしょうか？」

「それはあれよ、わたしは自分の言うこと聞いてくれる人が好きなのよ」

がっかりだった。

「言い方を変えると、気遣いができる人だった。あと聞き上手。わたしには好感度高いわけ、そういうタイプが。愚痴は言わない、人の悪口も言わない、作業を黙々と進めて、着々と成果をあげていく……人柄で評価される人だったな。リーダーシップとか男気じゃなくて」

聞けば聞くほど、憂鬱な気分になってくる。自分の中には、父親の血が色濃く流れているような気がしてならない。美憂の世話を甲斐甲斐しく焼いている自分の姿が、父親の姿に重なる。あれではダメなのだろうか？　行き着く先は、浮気で離婚か？

「ちなみに、結婚の決め手は？」

「それははっきりしてる。この人は浮気しないって思ったから」

「でも、されたじゃん」

蓮は笑ったが、母はもちろん笑わなかった。

「そうね。絶対に許さない」

「なんで浮気されたと思う？」

「あのね、蓮……」

母は小さく息をつき、頭のてっぺんを指先でかいた。

「浮気されたほうにも落ち度があるみたいなこと、あなたはさっき言ってたけど、それは大きな認識の誤りよ。わたしは被害者で、向こうが加害者。浮気されたほうにも落ち度があるなら、盗まれたほうにも、殺されたほうにも、侵略されたほうにも落ち度があるってことになるじゃない？　違うでしょ？　そんなこと言ってたら、世の中成り立たなくなっちゃうわよ」

「それはそうかもしれないけど……」

浮気と侵略を一緒くたにしたら、それこそ世の中が成り立たなくなると思ったが、蓮は黙っていた。

「百歩譲ってあの人に同情すべき点があったとするなら、やっぱりサークルの先輩と後輩として関係が始まったことでしょうね。なんてったって神様と奴隷として出会ってるわけでしょ？　恋人同士になっても、結婚して夫婦になっても、先輩後輩を引きずってたのよ。こっちの顔色ばっかりうかがって」

想像に難くない。

「ただね、わたしがあの人のことを絶対に許せないのは、それを乗り越えて対等な関係を築こうとしなかったってこと……努力を放棄して、他の女に逃げるってあり得ないでしょう？　人を馬鹿にしてる。仮にもよ……仮にも神様の前で永遠の愛を誓ったんだから、彼には夫婦という関係をよりよいものにするために、不断の努力をする義務があったわけで……」

ひどく疲れていたせいもあり、蓮は次第に話を聞いているのがつらくなってきた。母の話は、こちらの予想を超えるものではなかった。美憂のように衝撃の新事実が次々と判明していくのも心臓に悪いが、母の話を聞いていても、現状を打破するきっかけをつかめそうにない。

むしろ、泥沼に嵌まっていく感じだった。母と話しているといつもそうだ。こちらの主張はいつだって母の理屈にからめとられ、じわじわと抵抗力を奪われていく。いまだって、気がつけば母のペースだ。号泣するほど感情を乱していたくせに、話をしているうちにすっかり元の母に戻っている。

「すいません」

もう一度手をあげた。

「なに？」

母は気持ちよく舌をまわしていたのだろう、今度は付き合ってくれなかった。話の腰を折られたことに機嫌を損ねたようで、軽く睨まれた。

「結婚してよかったこととか、楽しかったことの話をしてくれない？　いちおうさ、幸福の絶頂だったときもあるわけでしょう？　昔、おばあちゃんに聞いたよ。結婚式とかすごかったって。赤坂のホテルでゴンドラに乗って……」

「それはそういう時代だったの。いまみたいに景気が悪くなかったから、誰もが競っていいホテルで式を挙げて、凝った演出をして、お色直しを何回もして……でも、そんなに楽しくなかったわよ。わたし、自分が仕切るパーティは好きだけど、雛壇（ひなだん）にポツンと置かれるのは苦手なのよ。お姫さまにはなれないタイプ」

「いやね、いまとなっては残念な思い出かもしれないけど、そのときは楽しかったんだろ？　新婚旅行だって……」

「ドイツのロマンチック街道で古城巡りをしました。それだって時代のせい。とにかく海外に行ってゴージャスなことをしないと、みっともない時代だったの。本当は全然乗り気じゃなかった。熱海で温泉にでも浸かってたほうがよっぽどマシ。まわりは人目もはばからずイチャイチャする恥知らずなカップルばっかりで、あの人はあの人でそんな状況に照れまくってて、しかたがないからわたしがひとりで一生懸命盛りあげて……帰ってきたらどっと疲れた」

蓮は深い溜息をついた。

「わかった、もういい……要するに、お母さんにとって結婚生活は、一から十まで全部黒歴史で、思いだしたくないものなわけね……」

憤りがこみあげてくる。だが、その憤りもすでに、くたくたに疲れきっている。どうせこんなことだろうと予想していたが、やっぱりだったかと思い知らされただけだ。母にとって、父との結婚生活はただ一心に憎むべき対象であり、憎悪の業火に焼き尽くされて、もはや記憶の彼方で真っ黒焦げになっているのだ。

「あるわよ」

母がボソッと言った。

「……えっ？」

「結婚してよかったこと、ひとつだけある」

「ホントに？」

「それについては、悔しいけどあの人にも感謝してる」

蓮は身を乗りだしそうになった。まさかの展開だった。母が父に対して「感謝」なんて言葉を使ったのを初めて聞いた。

「なんだよ、教えて」

「言いたくない」

「はあっ？」

蓮は泣き笑いのような顔になった。先ほどの意趣返しか。

「もったいぶらないで教えてよ。結婚してよかったこと、あるんだろう？」

「あるけど言いたくない」

「お母さん！」

バーン、と蓮はテーブルを叩いた。

母は動じない。表情を欠いた顔で、じっとこちらを見つめている。不思議な眼つきだった。こんな母の顔を、いままで見たことがあっただろうか。

「どうして言いたくないわけ？」

「男と女が愛しあう中には、口にはできない恥ずかしいことも含まれてるの」

そんなものこっちだって聞きたくないよ！　と蓮は怒声をあげそうになった。この人は、頭がおかしいのだろうか。思いだしたくもないことを無理やり思いださせたせいで、目の前にいるのが息子であることを忘れてしまったか。

猛烈に顔が熱かった。赤面しているのは間違いなかった。

蓮はいたたまれない気分になり、

「……帰るよ」

苦りきった顔で立ちあがり、玄関に向かった。

4

これほど疲れきっているのは、二十一年間生きてきて間違いなく初めてだった。

アパートに向かう道を歩く足が鉛の枷を嵌められているように重く、こめかみあたりがズキズキと痛み、汗みどろの体が気持ち悪くてしかたがない。

記憶は昨日から数珠のように繫がっている。美憂と花火を見て、告白をしてふられ、バイトに行ったら警察沙汰が二件起こり、母の理不尽な呼びだしのおかげで帰宅することもままならず、おまけに泣かれて叩かれて、有意義な話ひとつ聞けなかった。

時刻はもう午前十時を過ぎている。美憂はとっくに起きているだろう。自分の帰りを待ってごはんを食べるのを我慢していたら、本当に申し訳ない。

足を引きずるようにして自宅に辿りついた。

アパートが見えてホッとひと息つき、と同時に、美憂と顔を合わせたとき、まずなにを言おうか考えを巡らせていると、建物から勢いよく飛びだしてくる彼女の姿が見えた。可愛らしい白いワンピースを着ていたが、天使には見えなかった。顔色が真っ青で、非常事態なのが一目瞭然だった。

「どうかした？」

「お父さんがっ……」

そこまで言って、美憂は口を手で覆った。危篤であることは、言葉にされなくてもわかった。ついに来るべき時が来てしまったのだ。

「しっ、しっかりしてっ……」

蓮は自分に言い聞かせるように言うと、いま来た道を戻りはじめた。つい走ってしまい、あっと思って振り返った。美憂は少しだけ右足をかばっていたが、しっかりついてきていた。

大通りに出てタクシーを停め、ふたりで乗りこんだ。蓮が運転手にホスピスの場所を伝えた。タクシーが走りだしても、美憂の呼吸はなかなか整わなかった。ひゅーひゅーと喉が鳴っているのは、走ったせいだけではなさそうだった。

都心に向かう道は絶望的なほど渋滞していた。普通なら三十分で行ける距離なのに、それではとても着きそうにない。間に合わなかったらどうするのだ、と蓮は貧乏揺すりがとまらなくなった。

美憂は眼を閉じ、必死に気持ちを落ち着けようとしている。それでもまだ、息がはずんでいる。車内は寒いくらいにクーラーが効いているのに、色を失くした顔が汗びっしょりだ。

ようやくホスピスに到着すると、玄関で看護師が待っていてくれた。以前、廊下で蓮に話しかけてきた、ふくよかな体形の女の人だ。

「お父さんはっ……」

美憂がタクシーから飛びだして詰め寄った。

「まだ大丈夫」

看護師は美憂の背中をさすりながら歩きだした。蓮もそれに続く。廊下を進み、志田龍一様と書かれた部屋に入っていく。

危篤状態の部屋の主は、男性医師ひとりと女性看護師ふたりに囲まれて、静かに眼を閉じていた。口には酸素マスクをつけられている。前に来たときはなかった心電図が、一定のリズムを刻んでいる。

医師は美憂を枕元に招き寄せると、

「声をかけてあげて」

励ますように言った。

「意識はないけど、聞こえている可能性はあるから」

「お父さんっ！」

美憂は声をかけ、筋肉がすっかり削げ落ちて骨と皮だけになっている父親の手を握った。

「お父さんっ……お父さんっ……お父さんっ……」

それ以外に言葉が出てこない姿に、蓮の胸は苦しくなる。

本当なら、訊ねたいことがたくさんあるはずだった。お父さん、という言葉に続く台詞が、いくらでも。しかし、志田龍一の口からはもう、言葉が返ってくることを期待できそうにない。

そのホスピスは都心にあるのに緑豊かで、窓から庭の木々が風で揺れているのが見えた。ずいぶんと強い風が吹いているようだった。窓は閉めきられているので、風の音は聞こえなかった。「お父さんっ……お父さんっ……」という美憂の声が次第に弱まっていき、やがてなにも聞こえなくなった。瞼をおろせば、医師や看護師の気配さえしない。

静かだった。

蓮は部屋の隅で壁に寄りかかり、じっと眼を閉じていた。暗闇の中に、一条の光も見当たらなかった。待っているということなんだろうなと思うと、言い様のない罪悪感がこみあげてきた。自分たちはいま、志田龍一が天国に旅立っていくのを待っている……。

「お父さん？」

美憂の声音がいままでとは違ったので、蓮は眼を開けた。医師と看護師が、信じられないという表情で顔を見合わせている。蓮はふらふらとベッドに近づいていった。志田龍一が黄色く濁った眼で、美憂を見上げている。

奇跡的に意識を回復したらしい。

なにか言っているようだったが、酸素マスクをしているせいもあって聞きとれなかった。父の手を握りしめている美憂が、黒い髪を跳ねあげて首を横に振っている。

「違う……違うよ……わたしお母さんじゃないよ……」

――詩音。

まさか、志田龍一はそう言ったのだろうか。

「わたしは美憂……ひとり娘の美憂……育ててくれてありがとう……わたし……わたし……お父さんの娘で本当によかった……」

美憂の双頬は盛大に濡れている。大粒の涙をボロボロとこぼし、言葉につまると、少女のように手放しで泣きじゃくりはじめた。ひっ、ひっ、としゃくりあげては、言葉にならない悲鳴のような声をあげる。先ほどまで厳かなほど静かだった部屋に、嵐でも巻き起こったようだ。

志田龍一が、酸素マスクの中で色を失った唇を震わせ、声を発した。それはやはり、泣きじゃくっている健気なひとり娘を、打ちのめすひと言だった。

「……詩音」

かすかな声だったが、今度は蓮の耳にもしっかりと聞こえた。

「お父さんっ！　お父さーんっ！」

美憂の絶叫に反応することなく、志田龍一は眼を閉じた。再び意識を失ったようだった。

やがて心電図の山がなくなり、一本の横線になった。思いつめたような顔をしていた看護師たちから、緊張感がふっと抜ける。医師が脈を触診しペンライトで対光反射の消失を確認すると、さも無念そうに言った。

「ご臨終です」

5

故人の強い意向、ということになるらしいが、志田龍一の弔いはひどく淋しいものになった。

通夜や葬儀はなく、僧侶のお経や戒名もなく、火葬場にある狭い個室に棺を置き、花を飾っただけだった。そんなところで丸二日間、弔いというより火葬を待っているだけのような時間を過ごした。

美憂は永野詩音の店に電話を入れたらしいが、何度かけても繋がらなかったという。繋がったところで、弔問に訪れるとは思えなかったが。

前妻にも連絡を入れたと言っていたが、姿を現さなかった。余命宣告されたことを伝えたときも、すげない態度だったらしい。

かわりに冷めた眼つきの弁護士がやってきて、遺産相続の話をした。前妻にはひとり、子供がいた。顔も出さずに金の要求だけしてくるなんて、と蓮は怒りを通り越して呆れてしまった。美憂が気丈に接したことだけが救いだった。蓮としてはちょっと理解に苦しむくらい弁護士に協力的だった。

志田龍一が茶毘に付されるまで、結局やってきたのはその弁護士ひとりだけだった。喜瀬川からはテンプレートそのままの弔電が届いたが、キャラウェイの笹沼からはそれさえなかった。最高気温三十四度を記録した夏の盛りで、喪服の下で汗がとまらないのに、気分だけは流氷の上にぽつねんと立っているような、寒々しいものだった。

「遺産なんて渡す必要あるのかな？」

火葬を待つ間、やけに青く晴れ渡った空を見上げながら、蓮はつい愚痴めいたことを口にしてしまった。

「いくら血の繋がった実の子供だってさ、介護したのも、最期を看取ったのも美憂じゃないか。なのに死んだらお金だけ要求するなんて……しかも、弁護士を雇って……本人が来るならまだしも……」

「しかたないよ、法律で決まってるんだから」

美憂は眼の下に隈のできた痛々しい顔で答えた。レンタルした喪服のスーツがぶかぶかで、見るたびに悲しくなった。装いに気遣えないほど、やることがたくさんあったのだ。蓮はずっと一緒にいたが、遺族ではないので彼女の力になることができなかった。美憂はたったひとりで、業者とのやりとりや死亡手続きをこなした。

「納得いかないなあ……」

「遺産っていっても、たいしてあるわけじゃないもの。向こうも拍子抜けしたんじゃないかな。マンションを処分したお金と、生命保険と……あのホスピス本当に高かったから、二千万くらいしか残ってなかった」

具体的な額を出されると、生々しくてたじろぎそうになったが、

「じゃあ美憂の取り分は一千万か」

蓮はあえて明るい口調で言った。

「よかったね。それだけあれば大学に行ける」

「へっ？」

美憂は不思議そうな顔を向けてきた。

「わたしべつに、大学なんか行きたくないし。お父さんが健在なら、顔を立てて行ったかもしれないけど」

「そうなんだ……」

「勉強嫌いだもん」

「意外。成績優秀かと思った」

「それは正解」

「なにそれ？　意味がわからないよ」

蓮は困惑して笑ったが、美憂は笑わなかった。

「お父さんがせっかく入れてくれた学校だからね。成績だけは落としたくなかったの。学年で十番よりさがったことないんだから」

「でも勉強は嫌い」

「そうです」

「パンが好きだからパン屋さん」

ようやく美憂が笑顔を見せてくれたので、蓮は少しだけホッとした。

「それに、わたしの手元にまったくお金は残らないの。ダメよ、蓮くん、あてにしても」

「するわけないけど……なんで残らないの？」

「お母さんにあげるから」

一瞬、返す言葉を失った。

「お母さんって……永野詩音？」

美憂がうなずく。

「マジか？」

「お金に困ってそうだったじゃない？　変な電話がかかってきたりして……」

それはそうだが。

「話によると、きょうだいが三人もいるみたいだしね。その子たちに苦労してほしくないもん。実はちょっと嬉しかったの。わたしずっとひとりっ子だと思ってたのに、本当は四人きょうだいの長女だったなんて」

強がりにもほどがある。

「お父さんもね、そうしたほうが喜んでくれるんじゃないかな。最期にほら、名前呼んでたくらいだし……なに笑ってるの？」

「いや……」

蓮は眼尻ににじんだ涙を指で拭った。泣きそうなのを誤魔化すために、笑ったふりをしたのだ。まったく変な女だった。ひとりでは立っていられないくらい弱っちいかと思ったら、蓮など太刀打ちできないほどの強さを内に秘めていて、今度はどこまでもお人好し。

いいやつだった。

そんな彼女だからこそ、好きになったのかもしれなかった。

美憂を好きになったことが誇らしいとさえ思い、本格的に熱いものがこみあげてきそうになる。

「わたしは大丈夫。パン屋さんになって、しっかり稼ぐから」

「そうだね。早くレジじゃなくて……」

蓮は元気づけるように言った。

「パンを焼く職人になれるといい。あの店格好よかったもんね。パンを焼いている工房が、外から見えるようになっててさ」

美憂は微笑を浮かべてうなずいた。しかし、ひとしきり蓮の言葉を嚙みしめてから、どういうわけか、ひどく悲しげな瞳でこちらを見つめ返してきた。

6

志田龍一の火葬から一週間が過ぎた。

蓮も美憂もバイトを再開し、日常生活に戻っていた。

父親の死という大きな喪失感を抱えているはずなのに、美憂に落ちこんでいる様子はなかった。落ちこむどころか、逆に驚くほど明るい。

それはまさに、憑きものが落ちたという表現がぴったりだった。もともと笑顔が似合う女の子ではあったのだが、いつだってその笑顔の裏に憂いを隠していたのが美憂だった。それさえすっかりなくなってしまったようで、笑い声は甲高くなり、冗談の数は増え、はしゃいで背中を叩いてきたり、肩をぶつけてくるという、それまでには決して見られなかった、いかにも若い女の子っぽいキャピキャピした態度まで見せるようになった。

釈然としなかった。憑きものが落ちてよかったね、と眼を細めることなどとてもできず、怖くてしかたなかった。

弔いでバタバタしているときは振り返る余裕もなかったろうが、志田龍一の最期の瞬間は、傍目にも衝撃的なものだったからである。娘に看取られようとしているのに、彼の口から出てきたのは、二十年近く前に自分を捨てた女の名前だったのだから……。

もちろん、息をひきとる寸前で、まともな判断力など失われていただろう。痛みを緩和するための薬だって大量に投与されていただろうし、認知症まで患っていたのである。死に際のあやまちを責めるのは酷かもしれないが、それにしたって美憂の気持ちを考えるといたたまれなくなってくる。

志田龍一は、美憂より永野詩音を選んだのだ。養女とはいえ、十九歳まで育てあげた愛娘より、人生をめちゃくちゃにした魔性の女を……。

ひどい話だった。美憂がどうやってその事実を呑みこんだのか、理解に苦しんだ。もう亡くなってしまったのだから、水に流してしまおうということなのだろうか。両親の黒歴史も、自分に流れている血を呪いたくなるほどの母親の生き様も、なにもかもすべてを……もちろん、忘れてしまえるならそれに越したことはないのだが……。

そして。

美憂が父親を喪失したということは、蓮にも別の喪失が間近に迫っているということだった。

美憂は蓮の家に居候する期限を、父親が亡くなるまで、と決めていた。その後は自分でアパートを借り、新しい暮らしを始めるつもりでいる。

蓮としては、もちろん出ていってほしくなかった。どうすれば引き留めることができるだろうと、志田龍一の弔いが終わってからは、そのことばかり考えていた。

といっても、美憂の決意を翻させる魔法のようなものがあるはずもなく、真摯に説得する以外に方法がないこともまた、よくわかっていた。作戦を練る必要があった。ネカフェのバイト中、どうやって説得すればいいか、彼女になにを伝えるべきか、じっくりと考えた。

ふたりで暮らしているのは楽しい――まずなによりも、蓮はそのことを美憂に訴えたかった。ふたりで食事をする楽しさを知ってしまった以上、またひとりに戻るのは淋しすぎると。

第二に、いままで嫌な思いもトラブルもなく生活できていたのだから、これからもきっとないだろうということ。第三に、居候で肩身が狭いなら、家賃や光熱費や食費を折半すればいいということ。これには、ひとり暮らしよりずっと経済的に生活できるというメリットもある。

そして最後に、好きだという蓮の気持ちは、いったん保留することを宣言したい。

愛しあっている男女でないとひとつ屋根の下で暮らしてはならないという考えに則(のっと)れば、美憂は出ていくしかなくなる。嫌われているとは思わないが、人を好きになる自信がないという彼女の気持ちも、尊重してやりたい。両親の黒歴史を発掘する一部始終に付き合ったので、そういう心境もよくわかる。

ましてや、父親を亡くしたばかりのこの状況で、恋愛めいた人間関係に巻きこまれるのは、煩わしいに違いない。気持ちに余裕がない、というやつだ。だからこちらの好きはいったん保留して、ただの同居人としていままで通り仲良くやっていくことを提案させていただきたい。

朝までにそこまでしっかり考えをまとめあげると、蓮は意気揚々とネカフェを出て、美憂の待つ自宅に帰った。

「ただいまー」

「あっ、おかえり」

蓮が帰宅するタイミングで美憂が掃除機をかけているのは、もはや当たり前の光景になっていた。これから蓮が朝食をつくり、一緒に食べて、美憂はバイトに行く。蓮は見送って眠りにつき、眼を覚ますと夕食の準備をして美憂の帰りを待つ。一緒に食べて、蓮はバイト。美憂は風呂に入って眠りにつく――この完璧なルーティーンを、どうあっても失いたくない。

蓮は風鈴の短冊に息を吹きかけ、りん、と鳴らした。

「話があるんだ」

「ええーっ、わたしも」

美憂が眼を丸くする。

蓮は少なからず動揺した。美憂はおそらく、アパートを借りてここから出ていくという話をするつもりだろう。一度口にした約束を放置したままにするような、彼女はそんないい加減なタイプじゃない。しかし、こちらの作戦も万全だ。美憂が切りだしてきたら、すかさず迎え撃つ。出ていくよりもずっと楽しそうな未来を、きっちりプレゼンテーションしてやる。

「じゃあ、ごはんの前に散歩でも行く？」

「うん、そうだね」

アパートを出て、土手の石階段をのぼっていった。河原には心地よい風が吹いていた。美憂の右足はいまではすっかりよくなって、杖をついていなくても引きずったりすることはない。動かすのが怖いという感じもない。

「なあに、蓮くんの話って」

「いや、お先にどうぞ」

蓮は譲った。もちろん、出ていくと言われた瞬間、その必要はないと切り返すためにである。

「実はね、わたし、前から誘われてた話があって……いまのお店に支店があるんだけど、そっちに移らないかって。銀座のお店だとバイト待遇なんだけど、支店ならきちんと社員として雇ってくれて、職人を目指せるって……」

「すごいじゃない」

蓮は祝福の拍手を送ってやりたくなった。

「こう言っちゃあれだけど、お父さんのことも区切りがついたし、足も治ったし、いいタイミングだと思うよ。当然移るんでしょ、支店に」

「迷ってる」

「なんで？」

「軽井沢なんだもん」

嘘だろ。

「蓮くんどう思う？」

「どう思うって……それは……チャンスなんだから……」

さすがに口ごもった。美憂が働いている店の食パンは本当においしいし、行列ができる人気店だし、おしゃれで格好いいから、たとえ支店であっても、職人修業をするにはうってつけに違いない。

しかし……。

そうなると当然、美憂は出ていくことになるわけで……。

「たしかにチャンスなんだけど……わたし、東京以外のところに、住んだことないから……」

「だっ、大丈夫だろ。うちのネカフェに住んでたくらいなんだから、どこだって住めるよ」

反射的にそんなことを言ってしまったのは、美憂の足を引っぱりたくなかったからだ。蓮は自分が無力であることを知っていた。そうであるからこそ、他人の夢を邪魔するような人間にだけはなりたくなかった。

「あのネカフェ、本当にすごいところだったね」

美憂がこちらを見てクスリと笑う。蓮も笑い返そうとしたが、頬がひきつってうまく笑えない。

「軽井沢に行ったほうがいい……いいんじゃないかな……いいと思うよ……」

気持ちとは裏腹の言葉だけが、つらつらと口から出ていく。

「本当にそう思う？」

問い返す美憂の眼つきは、どこか淋しげだった。とめてほしいのだろうか。それとも背中を押してほしいのか。答えはあきらかだった。愛か仕事か、と天秤にかけているのなら、とめてほしいという選択肢もあり得る。だが、いまの彼女に愛する者の存在はなく、最愛の父さえ天国に行ってしまい、憧れの仕事があるだけだった。ただ単に、新しい一歩を踏みだすのが不安なのだ。

「本当にそう思うよ。あの店、東京でも指折りの名店なんだから……こんなチャンス、二度とないかも……」

「……だよね」

美憂は笑顔をつくり、

「よかった、蓮くんに相談して」

甘えるように肩をぶつけてくる。二度も、三度も……。

「なんだよ、もう……」

蓮は顔で笑いながら、心で号泣していた。さよならホームランをかっ飛ばしてやろうとネクストバッターズサークルでバットをぶんぶん振りまわしていたら、前の打者でトリプルプレーを決められてしまい、試合終了——そんな気分だった。練りに練った同居継続作戦だったのに、遂行前に木っ端微塵に打ち砕かれてしまった。


それからさらに一週間が過ぎた。

明日には、美憂は蓮の部屋を出て、軽井沢に向かう。

最後の夜を一緒に過ごすため、蓮はその日、バイトを休むことになっていた。美憂も休みで、引っ越しの荷造り作業だ。

　最初はリュックひとつで転がりこんできた彼女だったが、いまでは結構な荷物がある。家財道具を預けているレンタル倉庫からちょこちょこと服などを運びこんできたので、段ボール箱にまとめると五箱くらいになりそうだ。

　蓮が仮眠から眼を覚ましたのは、午後三時過ぎだった。ねぼけまなこで、美憂が荷造りをしているのをしばらくぼんやり眺めていた。体操着のような格好の彼女を見るのも、今日で最後だ。別れを思うと悲しくなり、眺めているのがつらくなって、玄関に向かった。

「どこ行くの？」

「買い物。あとでお別れパーティするでしょ？」

「それなら大丈夫。今日はまかせて。わたしが料理する。買い物もすませてある」

　蓮は一瞬、呆気にとられた。

「料理、できるの？」

「数少ないレパートリーを、もったいぶって披露します」

　美憂が悪戯っぽく鼻に皺を寄せて言ったので、蓮は笑った。

「へええ、楽しみ。でも、ちょっと外の空気吸ってくる」

「ごめんね、埃っぽくしちゃって」

「全然」

行くあてもないまま部屋を出た。夏はまだ終わる気配がなく、クーラーの庇護から離れた途端に、暑さに眼がくらんだ。

空を見上げると、真っ白い入道雲が出ていた。子供のころ、入道雲が好きだった。夏が盛りに近づくほど、青空はどんどん地面に迫ってきて、入道雲は反対に、どこまでも高みに向かって上昇していく。

空を飛ぶ鳥人間になり、入道雲へ突っこんでいきたかった。抱きしめたらどんな感触がするのだろうと、想像しては楽しんでいた。きっと綿菓子みたいに柔らかくて、気持ちがいいに違いなかった。

綿菓子……。

花火のあと、美憂を抱きしめたことを思いだした。最初はバランスを崩した彼女を支えたアクシデントだった。綿菓子みたいに軽くて、温かかった。そのうえひどく繊細そうで、強く抱きしめると壊れてしまうのではないかと思った。なのに、ぎゅっとしてしまった。綿菓子と違った。小さくて軽くても、美憂の体は柔らかくてしなやかだった。冷たい地蔵のようになる前は……。

「……ふうっ」

土手にのぼって、石階段に腰をおろした。日差しを遮るものがなく、こんなところに座っていたら、あっという間に汗まみれになると思ったが、自棄になって草むらに寝転んでやった。夏の日向の雑草は伸び放題で、体が草の中に沈んだ。草いきれに鼻をくすぐられるのが、どういうわけか心地よかった。空からはまぶしい日差しが燦々と降り注いできて、眼を閉じても瞼の裏がオレンジ色に染まった。

美憂が好きだった。なんとか引き留める方法はないものか、この一週間、延々と考えつづけた。

しかし、どこをどう考えても無理だった。

美憂はいま、父親の死という悲しみを乗り越えて、新しい人生の目標に向かい、記念すべき第一歩を踏みだそうとしている。そんな彼女を引き留めるに足りるなにかが、自分にはない。

パンが好きだからパン屋さん、という子供じみた美憂の言葉が、途轍もなく重く感じられた。キラキラと輝いてさえ見える。

それに引き替え、生産性があるとは言えないネカフェのバイトで満足している男の哀しさよ。いや、決して満足しているわけではないのだが、美憂さえ一緒にいてくれれば、それ以外のことはどうでもいい——そう思っていたのが蓮なのだ。自分の愚かさを思い知らされた。

もし美憂が部屋に留まってくれたら、浮かれた気分で平然とネカフェのバイトを続けていただろう。

そんな男に、人を好きになる資格があるのだろうか。愛だの恋だのを口にする前に、人はまず自立しなければならない。いまはまだネカフェのバイトでなんとかなっているけれど、三十代、四十代になってまで、こんな生活が続くわけがない。続けていれば、てっちゃんだ。あるいはゴーレム……。

自分が女だったら、自分のことなんて絶対に好きにならないだろう。

たしかに、美憂は蓮のことを嫌いだと言わなかった。しかし、受け入れてもくれなかった。その本当の理由は、自分に男としての魅力がなかったからではないだろうか。理屈を超越した、理屈を吹っ飛ばすような魅力が……そう考えては、また落ちこむ。

それでは、魅力ある男の条件とはなんだろう？　容姿、経済力、コミュニケーション能力、いろいろあるだろうが、一生懸命生きている、というのが最低限のハードルのような気がする。そんな低すぎるハードルさえ、蓮はクリアできていない。

きっと……。

美憂は素直な頑張り屋なので、軽井沢のパン屋に行ったら、みんなに可愛がられるだろう。可愛がってくれるのは、経験豊かな先輩たちだ。熱心な彼らに仕事を教わっているうち、恋心が芽生えることもあるかもしれない。パン好きの女の子がパンを愛するパン職人を好きにならないほうが、むしろおかしい。好きになってしまえば、人を好きになる自信がないなんて言葉は出てこないだろう。自信があろうがなかろうが、もう好きになっているのだから……。

「ちくしょう、痒いな」

腕をチクチクと刺してくる雑草を毟って投げた。まわりを根絶やしにする勢いで、毟っては投げ、毟っては投げ……暑い中、汗みどろになってそんなことをしていると、自虐的な笑いがこみあげてきた。

なにをいまさら悲嘆に暮れているんだ？　おまえはもともとその程度の男だったではないか。ネトゲ廃人をちょっぴり羨ましく思ってしまうくらいの、ダメ人間だったではないか……。

7

日が暮れたので部屋に戻った。

「どうしたの？」

蓮の顔を見るなり、美憂はパチパチと瞬きした。

「顔真っ赤だよ。日焼け？」

　言われてみれば、鼻の頭にひりつく痛みがあった。夏の日向に二、三時間も寝転んでいれば、それも当然だ。

「日焼けしたらちょっとはモテるようになるかと思ってね」

「すごい。蓮くん、今日はギャグが冴えてる」

「……まあね」

　力なく返し、とりあえずシャワーを浴びた。日焼けした鼻にお湯がしみた。髪の中は、雑草や土や小石だらけだった。それでも、全身を洗いおえるとさっぱりした気分になり、いじけているのはよくないと思い直すことができた。

　どうせ美憂がいなくなったら、落ちこむだけ落ちこむに決まっている。ひとりになってから、いじけたいだけいじければいいのだ。

　最後の夜くらいはいつも通り、いや、いつも以上に楽しく過ごしたほうがいい。美憂だって、それを望んでいるはずだ。

「うわっ、すごいね」

　濡れた髪を拭きながらテーブルの様子をうかがうと、カラフルな景色が迎えてくれた。クラッカーに色とりどりの野菜やハムやゆで卵が載ったものが、花畑のように並べられている。

オードブル、というやつだろうか。

「なんだか、本物のパーティみたいだ」

「本物のパーティよ」

美憂はワンピースに着替えていた。黒地に赤いハイビスカス柄がプリントされている、大人っぽいデザインのものだった。しっかり化粧までしていたのでドキリとしてしまう。さっきまで、いつもの体操着だったのに……。

「お別れパーティ、か」

蓮が遠い眼で言うと、

「お別れパーティ兼、バースデイパーティ」

美憂は得意げに胸を張った。どういうわけか、両手を後ろに隠している。

「バースデイ？　誰の？」

「自分じゃなかったら、ひとりしかいないと思いますけど」

「誕生日なの？」

驚く蓮に、

「なによー。すごいがっかり」

美憂は冷ややかな視線を送ってきた。

「蓮くん、わたしの誕生日、知ってるはずじゃない？　知らないはずないわよね、免許証見てるんだから」

たしかに見た。ネカフェの会員証をつくるとき年齢を確認したし、店の規則でコピーもとったが、誕生日まで覚えているはずがない。仲良くなるずっと前の話だし……。

「本当に忘れちゃった？　わたしのこと好きって言ったのに、誕生日も覚えてないの？　覚えてるんじゃないかなあ、普通。好きな女の子の誕生日くらい」

恨みがましい眼を向けられ、蓮は粗相を見つかった幼児のように震えた。そういうきわどい冗談を、父親を亡くす前の彼女なら絶対に口にしなかった。怖すぎて言葉を返せない。

「嘘、嘘。どうせ忘れられてると思ったから、わたし自分で用意したんだもん」

美憂が背中に隠していたものを出す。赤と白のワインボトルだ。

「ワインって未成年……あっ」

十九歳の次の誕生日は、二十歳に決まっている。美憂は今日、晴れて成人したわけだ。

テーブルに向かいあって座り、乾杯した。先に栓を抜いた白ワインはよく冷やしてあり、酸味と甘味のバランスがよく、とてもおいしかった。蓮はそれほど酒が得意ではない。悪い仲間とつるんでいたころは見栄を張ってガブ飲みしたこともあるけれど、いまでは滅多に口にしない。どこがおいしいのかよくわからないせいもある。

なのにこれほどおいしく感じられるのは、ワインのチョイスがよかったせいだけではなく、目の前に美憂が座っているからだろう。飲むほどに、彼女の顔はきれいなピンク色に染まっていった。

可愛かったが、今夜の美憂は可愛いだけではなかった。黒いワンピースや化粧と相俟って、大人の女の雰囲気も充分にある。酔いで眼が潤んでくると、色っぽいというか、艶めかしいというか、そんな感じまでしてきて、うっかり正視してしまうと、ひどく落ち着かない気分になった。

一瞬、永野詩音の顔が、美憂の顔に重なって見えた。血の繋がった母と娘だから、顔の造形はよく似ている。美憂ももっと大人になれば、母親のようにセクシーでエレガントな女になるかもしれない。そういう可能性は大いにある。しかし、ならない気がする。理由はうまく説明できない。

「わたしね、正真正銘、お酒飲んだの初めてなんだよ。お父さんが依存症だったから、怖いイメージしかなかったの。でも、おいしいね。依存症にはなりたくないけど、お父さんの気持ちがちょっとわかった」

酔った美憂は饒舌になって、小さな体を揺らしながら、いつもより甲高い声でしゃべった。時折、笑い声をあげる。蓮は黙って聞いていた。美憂から父親の話を聞くのが好きだった。

楽しい思い出だけを、楽しそうに話すからだ。

　つらい思い出だってたくさんあるはずなのに、恨み言を決して言わない。命を落とした原因となったアルコールさえ、肯定しようとする強さに驚く。死ぬまで血の繋がりがなかったことを隠し、今際の際には自分より母親を選んだ男のことを、どうしてそんなふうに話せるのだろう。父親のことが好きで好きでしようがないという感じで、思い出に浸る笑顔がまぶしすぎる。

「うちのお父さん、なんでもパンに挟んじゃう人だったって、前にも言ったよね？　毎食パンでもいいってくらいパンが好きなの。でも、それじゃあ育ち盛りのわたしによくないって和風のおかずを食卓に並べて、ごはんをよそってくれるんだけど、自分はどうにもしっくりいかないみたいで、結局食パン出しておかずを挟んじゃうわけ。おかげでサンマサンドや切り干し大根サンドが出現しちゃうんだけど、味がわからない人じゃないのよ。昔はよく、レストランに連れていってもらった。いま考えるとけっこう格式高くて、おしゃれなレストランばっかり。食べはじめるとお父さん、文句ばっかり言ってるんだけどね。蘊蓄がすごくて、フランス人のシェフに、フランス語で文句言ったりするんだから。困った人だったなあ。家では食パンにサンマ挟んで食べてるくせにね。おかしいよね。そんなお父さんに、わたしが唯一……本当にたったひとつだけ、教わった料理があります。わたしの大好物。それをこれから、蓮くんに披露します」

パタパタとスリッパを鳴らしてキッチンに向かった美憂は、やがて皿を持って戻ってきて、蓮の前に置いた。

「……なにこれ？」

皿に載っていたのは、パンだった。食パンをスライスして、フレンチトーストのように焼いてある。バターとチーズの焦げた匂いが香ばしい。砂糖や蜂蜜の匂いはしないから、フレンチトースト的な甘い料理ではなさそうだ。

「食べて、食べて」

美憂はテーブルに頬杖をつき、身を乗りだして言った。

「そんなにじろじろ見られたら食べにくいよ……ってゆーか、これどうやって食べるの？ナイフとフォーク？」

「ダメダメ」

美憂は首を横に振った。

「これはね、ナイフとフォークなんて使ってお上品に食べちゃダメな料理なの。両手でつかんで、バリッと噛みつくのよ、バリッと」

「そんなことしたら……手が……」

油にまみれてベトベトになりそうだったが、それが正式な食べ方だと美憂が譲らないので、蓮は言われたとおりに両手でつかんでバリッと嚙みついた。

トーストでチーズとハムを挟んだ、ホットサンドのような料理だった。まわりには、たっぷりのバター。初めて食べるが、味が濃厚でとてもおいしい。ホワイトソースを使っているから、グラタンのような味わいもある。バリバリ食べる。手が汚れるだけではなく、伸びたチーズや焦げたパンくずがシャツにまでこぼれたが、たしかにこれは、ワイルドに頰張ったほうがおいしいかもしれない。

「クロックムッシュっていうんだよ」

美憂が得意げに眼を輝かせた。

「お父さんがね、パリのカフェで食べて感動して、毎日通ってレシピ教えてもらったんだって。簡単そうに見えるけど、けっこういろいろコツとかあるんだから」

「うまい」

蓮は笑顔でうなずいた。

「とってもうまい。食べ方も気に入った」

「パリのね、劇場が並んでいる道にそのカフェはあってね、外のテーブルで食べていると、着飾って観劇に行く人たちが目の前を通りすぎていくんだって。これからお芝居見るの楽しみにしてるはずなのに、バリッ、バリッ、ってお父さんがクロックムッシュに齧りついてるの横眼で見て、ちょっと恨めしそうな顔をするのが面白いって言ってた。お芝居なんてどうでもいいから、おめかしした服だって汚してもいいから、クロックムッシュ食べたーい、って顔。そうしたらお父さん、意地悪してよけいに音たてて、バリバリバリッ、バリバリッ、って食べてやるんだって……」

聞きながら食べていると、パリの街角の情景が眼に浮かんでくるようだった。しかし、志田龍一が彼の地で食べたクロックムッシュより、いま自分が食べているもののほうがずっと感動的だろうと蓮は思った。洒落た街角の景色はなくても、からかい甲斐のあるパリジャンやパリジェンヌがいなくても、目の前に美憂がいる。せっかく大人びた装いをしているのに、子供じみた表情で得意になっている。

幸福感に胸が熱くなっていく。

涙が出そうになるのを、こらえるのが大変だ。

美憂がクロックムッシュを次々とつくるので、ふたりで腹がはちきれそうになるまで食べた。二本あったワインも全部飲んでしまい、すっかり酔ってしまった。酔いがお互いを饒舌にして、おしゃべりがとまらなかった。知りあってから二カ月も経っていないことに、ふたりで驚いた。ごく短い間に、いろいろなことがあったのだ。美憂にとっては、ありすぎたくらいだろう。

松葉杖をついたネカフェでの出会いから、思い出を振り返った。笑い話になるエピソードだけを、笑いながら話した。それでよかった。別れる前に、つらい話や悲しい話をすることはない。


夜が更けてきた。

酔い覚ましのコーヒーを飲むと、そろそろ寝ようかという雰囲気になった。蓮の眼はまだ冴えていたけれど、おしゃべりの種も尽きていた。いや、美憂と話したいことなら抱えきれないほどある。朝まで質問攻めにできる自信だってあったが、今夜は楽しい思い出話だけに留めておくべきだった。

どこか遊びにいきたい場所はある？　と訊ねれば、美憂は無邪気な顔で海とか山とか遊園地と答えるだろう。しかし蓮には、じゃあ今度一緒に行こうと言ってやることができない。ふたりにはもう時間がない。明日になれば美憂は旅立ち、パン職人になるという目標に向かって修業を始める。彼女の未来は輝いている。何年か後にはきっと、素敵なパン屋の可愛い女主人になっているはずだ。

しかし……。

本当にそれでいいのか？　ともうひとりの自分が言う。一緒にいてこれほど楽しい相手を、そんなに簡単に手放してしまっていいのだろうか。

二十一年間生きてきて、初めてできた女友達だった。これほど気が合う異性が、他にいるとは思えない。出会えたことが二十一年に一度の奇跡だとすると、次の奇跡が起こるとき、蓮は四十二歳のおじさんになっている。いまよりさらにスペックが落ちて、たとえ奇跡の出会いがあったとしても、相手にしてもらえないかもしれない。

それでも、美憂を引き留める気にはなれなかった。

後先考えず、好きだ愛してるだけで行動したら、永野詩音と同じだと思ったからである。まわりはいい迷惑だ。全員父親が違う子供たちにも同情を禁じ得ないが、もっと憐れなのは相手の男である。なるほど、永野詩音は美人である。仕草がいちいちエレガントでもある。一緒にいればどこまでも浮かれて、甘い気分に浸れるのかもしれない。

だがそういう時間は、永野詩音の心変わりで、唐突に終わってしまうのだ。

そう、好きだ愛してるなんて、要するに一時の気の迷いに過ぎない。永遠の愛なんてこの世には存在しない。

永野詩音だけの話ではない。母だってそうだ。実の息子に、結婚してよかったことのひとつも言えない。ニュースによれば、日本は二分にひと組が離婚している離婚大国らしい。かろうじて結婚生活を保っている夫婦だって、ひと皮剝けばどんな不実が飛びだすかわからない。

いまこれほど幸福なのはきっと、美憂との生活が明日失われてしまうものだからなのだろう。ナーバスになっている神経がもたらす錯覚に違いない。すぐに消えるという理由でありがたがられている、虹みたいなものだ。

そう考えると、少しだけ気持ちが楽になった。布団を敷いて寝ようと思った。寝室に行ってクローゼットを開けようとすると、洗い物をしていたはずの美憂が後ろに立っていた。いつの間にやってきたのだ？

「どうしたの？」

黙ってこちらを見ているので、蓮は苦笑した。

「もう寝よう。明日早いんでしょ」

美憂は言葉を返さず立ちすくんでいる。無視してクローゼットを開けようとしたが、できなかった。美憂が腕をつかんできたからだ。表情をうかがおうとしたが、寝室の照明をつけていなかったのでよく見えない。

「蓮くん、今日はこっちで寝なよ」

つかんだ腕を、今度は両手で抱えこみ、しがみついてきた。

「えっ？　自分が布団で寝るの？　変な気を遣わなくていいよ。どうせ明日から部屋もベッドも独り占めだし」

「そうじゃなくて……一緒に……」

蓮は息を呑んで眼を見開いた。にわかに美憂にしがみつかれている右腕に意識が集中していった。肘が胸のふくらみにあたっている。柔らかくて温かい。

「朝まで……一緒に……」

「なっ、なに言ってんの？」

あわてて美憂の腕を振り払った。

「言ってる意味、わかってる？」

「わたしもう、二十歳なんですけど……」

当たり前でしょ、と美憂は言いたいようだった。ダイニングから差しこむ光が彼女の顔にあたって、ようやく表情がうかがえた。悲しげな笑みを浮かべていた。表情がわかっても、心の中まではのぞきこめなかった。

「蓮くんにはお世話になったし……好きって言ってもらったし……お礼がしたいっていうか……」

「待って……ちょっと待ってよ……お世話になったからお礼に一緒に寝るって、きみってそんな女だったの？　さっ、最低だね……せっかくいい気分で寝ようと思ってたのに……」

蓮の言葉は、美憂に届いていなかった。うつむいて両手を突きだし、突進してきた。コントで演じる猪のようだが、これはいったいなんの真似だ？

「やめろよ……やめろって……」

押し返しても押し返しても突進してくる美憂からは、得体の知れない切実な感情が伝わってきた。ふざけているようにしか見えなくても、笑い飛ばすことはできない。しかし、ふざけているのでないとしたら……。

「やめろってばっ！」

少し強めに突き飛ばしたら、美憂は覚束ない足取りでよろめいて、ベッドにうつ伏せでダイブした。大きくバウンドした勢いで黒いワンピースの裾がめくれ、白い太腿が見えた。小さなヒップを包んでいる下着まで、露わになってしまいそうだった。

蓮の心臓は爆発しそうなほど暴れはじめ、一歩、二歩、と後退った。訳がわからなかった。美憂の様子があまりにもおかしすぎるのは、酒のせいだろうか。そうであるなら、酒というのは恐ろしい狂い水だ。

「意気地なし」

ベッドに顔を伏せたまま、美憂が言った。

「こういうの、女に恥をかかせるって言うんだよ」

「どうかしてる……」

蓮は声を上ずらせた。

「いまのなかったことにするから、黙ってひとりで寝てっ！」

悲鳴のような声で言って、玄関から飛びだした。頭の中は真っ白で、両脚が怖いくらいに震えていた。階段を踏みはずさずに一階まで辿りつけたことが、奇跡に思えたほどだった。

8

汗みどろで眼を覚ますことには、西日直撃のダイニングで慣れているはずだった。

とはいえ、河原での眼覚めもなかなかに強烈だった。全身汗まみれなだけではなく、泥や雑草や小石にもまみれ、おまけに体の節々が痛む。

ゆうべは気持ちを落ち着けるため、真っ暗な河原の道を何往復もした。歩けば歩くほど頭に血が昇り、そのうち湯気までたってきて、落ち着くことはまったくできなかった。結局、体力の限界まで歩きつづけた蓮は、アパートには帰らず、河原で寝転んでひと晩を過ごしたのである。

体の汚れを払った。払ったくらいでは、どうにもなりそうもなかった。腕時計をしていなかったので、時間がわからなかった。朝日の角度から察するに、午前七時過ぎといったところだろうか。美憂は午前九時台の新幹線に乗ると言っていた。そろそろ出発しなければならないだろう。

それでも、蓮は部屋に戻らず、土手の石階段に座り直した。

ゆうべ考えに考えてようやく辿りついた結論は、美憂がおかしくなったのはいまに始まったことではない、ということだった。

父親を亡くし、弔いを終えた翌日あたりから、異様に明るくなった。それまで決して見せることのなかった、若い女の子らしいキャピキャピした態度までとるようになった。ちょっと怖かったが、明るくするなというのもおかしな話なので黙っていたけれど、その延長線上に、ゆうべの醜態はあった気がする。

となると……。

美憂の精神状態を、真剣に心配したほうがいいのかもしれなかった。父親の死によって尋常ならざる心のダメージを負ってしまった彼女は、無闇に明るく振る舞うことでそれを忘れようとした。しかし、喪失感は埋まるどころかますます深まっていくばかりで、生まれて初めて口にしたアルコールが抑えこんでいた感情を爆発させ、あんなことを……。

心配だったが、蓮にできることはなにもなかった。美憂はこれから、部屋を出ていく。もう出ていってしまったかもしれない。恥をかかされたと思っているなら、気まずい思いをしたくなくて、挨拶抜きで旅立つことだって充分に考えられる。

「寝てるの部屋から見えてたよ」

後ろからクスクス笑いが聞こえてきて、蓮はハッと振り返った。土手の上に美憂が立っていた。夏の太陽を彷彿させるレモンイエローのワンピースを着て、楽しげに笑っている。気まずい雰囲気はまったくなく、怒っているふうでもなく、ついでに言えば、反省の色もない。装いが珍しく派手なこと以外、いつも通りだ。謎すぎる。

「わたし、そろそろ行くね」

「うん……」

蓮は立ちあがり、ズボンの汚れを払って、美憂の立っている土手の上まで石階段をのぼっていった。美憂がなにかを手渡してきた。部屋の鍵だった。

「駅まで送る？」

「大丈夫。それより、十二時に宅配便の人が来るから、荷物お願いします」

「うん」

「じゃあね」

美憂が手を振って後退る。

「やっぱ駅まで行くよ」

蓮はあとを追おうとしたが、

「いいから、いいから」

美憂は体を押し返すようなジェスチャーをして、タタタタと石階段をおりていった。土手の下まで行って振り返り、こちらを見上げた。

「そこから見送って」

「……いいけど」

「思い出の場所だし」

後ろ歩きをしながら、美憂が声を張る。

「広ーい河原の側に住むの、楽しかった。なんでか懐かしいの」

「あたらないバドミントンとかしてね」

蓮は笑った。美憂も笑って後退る。一歩ずつ、姿が小さくなっていく。

これがラストシーンなのか——とても現実とは思えなかった。美憂と一緒に暮らしたのは、たったのひと月ちょっと。だが、濃厚な時間だった。二十一年間生きてきた中で、いちばん
……。

「会いたくなったら会いにきてもいいんだよっ！」

美憂が口に手をあてて叫んだ。

「軽井沢なんて、新幹線で一時間なんだからっ！」

「行くもんかっ！」

蓮は叫び返した。いつだって、言葉は気持ちと裏腹だ。

「寒いところは大っ嫌いだっ！」

「夏は涼しくて快適ですうっ！」

「頑張っておいしいパンつくりなよっ！」

「言われなくてもっ！」

次第に声が届かなくなってきた。美憂は右足が完治したことを示すようにぴょんぴょんとジャンプして、両手を大きく振った。それから後ろ歩きをやめ、背中を向けた。

美憂の背中が指先くらいまで小さくなって、やがて角を曲がって消えるまで、蓮は見送っていた。拍子抜けするほど、呆気ないラストシーンだった。現実は映画のように感動的なエンディングテーマも流れないし、舞台のような拍手喝采のカーテンコールもない。ただいつものように、草いきれを含んだ風が吹いているだけだ。

意外なことに、涙は出なかった。先ほどまでの心配も、なんとなく緩和されている。

おしゃれパン屋の支店には、蓮なんかよりずっとまともな大人がいるだろう。心配しなくても大丈夫だ。美憂はきっとうまくやっていける。

第四章　愛について追伸

1

部屋に戻った。

ガランとして感じられるかと思ったが、まだ美憂が残していった段ボール箱があるので、そうでもなかった。風鈴の短冊に息を吹きかけ、りん、と鳴らした。べつに物悲しい音色でもない。正午に宅配業者が段ボール箱を引き取っていったら、急に淋しくなったりするのだろうか。

「……ふうっ」

椅子に座った。その前にクーラーをつけた。居候のいなくなった寝室の引き戸を全開にして、ダイニングまで冷風を送る。

とにかくシャワーを浴びなければならないが、すぐに動きだす気力がなかった。気持ちが変に中途半端だった。号泣でもすれば少しはすっきりしたかもしれないが、涙というものはそう都合よく出てきてくれないものらしい。

「あっ……」

テーブルの上に本が一冊、置かれていた。『就活・面接パーフェクトレッスン』——二、三日前に近所の本屋で買ったものだ。将来について少しは前向きに考えてみようと思ったからだが、買ってきたまま忘れていた。どこに置いたのかさえ覚えていないそれを、引っ越しの荷造りをしていた美憂に見つかってしまったらしい。

カバーに付箋が貼ってあった。「がんばって！」という文字を見た瞬間、がっくりとうなだれた。美憂とは、そういう運命なのかもしれなかった。パラパラ漫画を見られた衝撃もかなりのものだったが、今度はそれを上まわるかもしれない。頑張る前から頑張ってと励まされるのはつらい。たいていの人間は泥くさい努力は隠しておき、うまくいった結果だけを誇りたいものなのである。

自分はいったい、美憂にどう思われていたのだろう？

ネカフェのバイトで、喧嘩が弱く、傷ついた彼女を慰めることもできず、突然告白してきたと思ったら、今度はこっそり就職活動……。

パン職人という明確な将来のヴィジョンをもつ美憂にしてみれば、あまりにも行きあたりばったりで、いい加減な人生だ。もちろん、自分でもわかっている。足元を見つめ直し、なんでもいいからとにかく一歩前に足を踏みださなければならないと、他ならぬ美憂に出会って思い知らされたのだ。

だが、言い訳をしようにも、美憂はもうこの部屋には帰ってこない。下手をすれば二度と会わないかもしれない。再会する予定は、いまのところない。じわり、と哀しみがこみあげてくる。

昨日までと今日からは、時間は繋がっていてもはっきりと違う。昨日までは美憂がいて、今日からはいない。ずっとひとりだ。

美憂と出会う前はひとりだったのだから、元に戻っただけだと思いこもうとしたが、無理だった。美憂と出会う前はひとりの生活しか知らなかったが、いまはふたりで過ごす楽しさを知っている。最後はちょっと気まずくなってしまったけれど、取るに足らないことだった。バイトを終えた早朝、駅まで走りださずにはいられないほど、心躍る日々に比べれば……。

「……なんだこれ？」

『就活・面接パーフェクトレッスン』の下に、隠すようにノートが一冊置かれていた。美憂が忘れていったのだろうか。

コンビニで売っている薄っぺらいノートではなく、分厚くて本のように角があり、表紙は鮮やかなレモンイエロー。たぶん外国製だ。

見覚えがあった。

志田龍一が亡くなったあと、ホスピスの部屋を整理しているとき、破棄するものと持っていくものを選別している美憂を、蓮は手伝うこともできないまま、ぼんやり眺めていた。

その作業中、鞄の中からそのノートが出てきたのだ。きれいな色だなと思ったことを覚えている。他にも万年筆とか、それをしまう革製のケースとか、筆記用具が収められていた。どれもデザインが格好よかったので、海外によく行く人は文房具までおしゃれなんだなと感心した。

つまり……。

これは志田龍一が残したノートである。一瞬パラパラ漫画かと思ってめくってみたが、字だけがびっしり書きこまれていた。

「読んだら……まずいよな」

閉じた表紙に手を置き、深呼吸した。しかし、あの美憂が、大好きな父親の遺品をこんな形で忘れていくだろうか。

「まさか、わざと置いていったのか？」

なんとなく、そんな気もしてくる。

表紙をちょっとだけめくり、中をのぞきこんだ。ひと目で万年筆で書いたとわかるブルーブラックのインクで、横書きに文字が連なっている。

——遺書なんて書くのは柄じゃないが……。

そう記され、横線で消されていた。

——どうしても伝えておきたいことがあって……。

また横線で消されている。

パタンと表紙を閉じた。

父親の遺書はなかった、と美憂は言っていたはずだ。

つまりこれは、遺書の草稿のようなものだろうか。あるいは日記？　自分史を書くためのメモ？

それとも、本当は遺書があったことを、美憂が伏せていたのか。分厚いノートの後ろのほうまで書いてあるから、遺書にしては長すぎる気もするが。

これが遺書でも日記でも、そんなきわめて個人的なものを、家族でもない第三者が勝手に読んでいいわけがなかった。たとえ美憂がわざと置いていったとしても、つまり蓮に読んでほしいと思っていたとしても、志田龍一に悪い。自分だったら、パラパラ漫画をホームレスに見られるのさえ嫌だ。

しかし……。

早く立ちあがってシャワーを浴びなければと思っているのに、動きだすことができなかった。高鳴る心臓の音が、やけにうるさく耳に届く。クーラーが心地よい冷風を送ってくるのに、額に汗が浮かんできた。我慢できなくなって、レモンイエローの表紙をめくってしまう。

――すべては復讐だったのかもしれない。

横線で消されていない一文が眼に飛びこんできて、蓮は心を鷲づかみにされた。遺書に記すにしては、物騒すぎる言葉だった。

次の一文で、志田龍一は美憂に語りかけていた。彼女にとって、とても重要なことが語られている予感がした。

罪悪感にきりきりと胸を締めつけられながらも、蓮は読み進めるのをやめることができなくなってしまった。

2

すべては復讐だったのかもしれない。

美憂、きみには本当に申し訳ないことをしたと思っている。

いくら謝っても許してもらえる気がしない。

それはつまり、どうあっても許されない罪を犯してしまった、ということなのだろうね。

自覚はある。

きみとふたりで暮らしはじめてから、私はずっと重い十字架を背負って生きてきた。身動きがとれないくらい、ずっしりと重い十字架を。

どうしてそんなことになってしまったのか、きみには知る権利があるだろう。本当は、きみが二十歳になったとき、きちんと話そうと思っていた。許しを乞うためではない。断罪されるためにだ。しかしどうやら、きみが成人するまで、お父さんは元気でいられそうもなくなってきた。

長い話になる。

きみを驚かせてしまうことも、悲しい思いをさせてしまうこともあるだろう。

それでも、我慢して最後まで読んでほしい。

まず。

すでに気づいてしまっているかもしれないが、きみはお父さんの本当の娘ではない。本当の、というのは、血が繋がっていない、という意味だ。きみはお母さんの連れ子だった。戸籍上は、お母さんの妹ということになっていたけれどね。

きみが三歳になるかならないかのころ、お父さんとお母さんは一緒に暮らしはじめた。お母さん――という言い方はしっくりこないから、これ以降は詩音と呼ばせてもらうことにする。当時、永野詩音という芸名でタレント活動をしていた。そんなことさえ、きみにとっては初耳だろう。

詩音は期待の新人タレントだったが、表舞台で活躍していた時間はひどく短い。才能がなかったわけではない。世間一般から広く愛されるタイプではなかったかもしれないが、彼女には間違いなく天賦のなにかがあった。

お父さんは当時三十八歳で、コマーシャルフィルムのディレクターをしていた。それは知ってるね？　キャラウェイという業界では大手の会社で、かなり順調にキャリアを積んでいた。賞なんかを貰ったりもした。ただ、まわりに評価されるほどには、私は自分の仕事に満足していなかった。

もっといいものがつくれる、という自信があったんだ。誰よりも努力をしていたという自負もあったが、自信過剰が性格を歪ませ、まわりを見下している嫌な人間だったと思う。あいつは天狗になっていると言われたら、もっと天狗になってやろうと思った。たかがＣＭディレクターなのに、自分は選ばれた人間だと思いこんでしまっていたんだね。

詩音と出会ったのは、そんなころだった。

新しく発売される清涼飲料水のCMの、オーディション会場だった。無名でもいいからフレッシュな子を起用したいというのが、クライアントの要望だった。何日もかけて、百人くらいに会ったかな。その中に、詩音はいた。

初めて会ったときの衝撃は忘れられない。

いままで私の頭の中だけにいた理想の女の子が、そこにいたんだから。

まさしく、雷に打たれた感じ、そのままだったよ。

見た目が理想的なだけじゃなく、動きに華があって、声もきれいだった。そのオーディションには大手事務所が後押しする子が入っていたんだけど、私は強引に詩音をキャスティングした。CMはシリーズで四本撮った。どれもいい出来で、私の代表作になった。

もちろん、いま振り返ればの話だ。当時の私はそんなことでは満足できなかった。詩音にも、もっと大きな舞台で活躍してほしかった。マネジャーを差し置いて、有名な脚本家先生に売りこんだりもしたものだ。

ただ……。

当の詩音は、それほど仕事に野心があるタイプではなかったんだね。ダンスやボイストレーニングの先生を紹介しようとしても、「そんなことより遊びに連れてってくださいよ」と返してくる。

彼女は当時、十九、二十歳で、こっちは三十八歳のいい大人だった。そのうえ、新人タレントとディレクターだ。私には、若いタレントにスパルタで接するというあまりよくない評判さえあった。

だからそんなふうに、同じ目線でものを言ってくるなんて普通ならあり得ないんだが、詩音は物怖じしない性格の持ち主だった。そして、自分が他人にどう見られているのか正確に把握できる、感性の鋭さがあった。簡単に言えば、私が彼女の魅力に取り憑かれていることを、見透かしていたんだね。

私は詩音の機嫌を損ねたくなかった。仕事に野心のない彼女だったが、私はまた彼女と仕事をしたかった。気に入ってもらえそうな店を探しては、食事に連れていくようになった。私も酒に強かったが、彼女はそれ以上だった。朝まで飲んでふらふらになっているのに、これからタクシーを飛ばして海に行きたい、なんて言ったりした。そういうことが大好きな女だった。

「会社なんか休んじゃえばいいじゃないですか。こんなにお天気がいいんだから、海に行かないとバチがあたりますよ」

徹夜明けでもタクシーの中で少し寝たくらいで元気を取り戻し、水着を買って泳ぐんだから、エネルギーがありあまっている感じだったな。

私は付き合ったよ。気がつけば、ご機嫌をとっている感じではなくなっていた。海だけじゃなくて、美術館に行ったり、植物園に行ったり、泊まりがけでドライブ旅行に出かけたり……仕事をサボタージュして詩音と遊んでいることが、私の生活の中心になるまで時間はかからなかった。

もちろん、許されることではなかった。

デートのために会社を休むなんて社会人として言語道断だし、そもそも私には妻子がいた。

それでも、詩音と個人的に会うのをやめられなかった。彼女は映画やドラマに出演することに積極的じゃなかったが、その理由が次第にわかってきた。拘束時間の長い仕事が嫌いなのだろうと思っていたが、そうじゃなかった。

彼女の人生が映画のようなものだからなんだ。無闇にスキャンダラスな生活を送っていたという意味ではないよ。詩音と一緒にいると、スクリーンの中で映画のワンシーンを演じているような、特別な気分になってくるんだ。

だから彼女は、わざわざカメラの前で、監督に指示されながら窮屈なヒロインを演じる必要なんてなかったわけだ。呼吸をしているだけでフォトジェニック、歩いているだけでドラマチックなんだから……。

私はすっかり夢中になった。

人は生きていく中で、いったい何回くらい人との出会いを経験するのだろう。

何千回？　何万回？

そのうちたった一度でも、きみに出会えてよかったと心の底から思うことができたら、素晴らしい人生だったと言えるのではないだろうか。

出会えた奇跡に感謝し、気持ちが通じあった幸運を噛みしめ、もしこの人に出会っていなければと想像してはゾッとする――そんな恍惚と不安を、そのころの私はまだ、実感することなく生きていた。

あんがい心穏やかな日々だったのかもしれない。

失うもののない人生だったと言ってもいい。

体を引き裂かれるような別れの瞬間も、底なしの淵に沈んでいく耐えがたい喪失感も知らないまま、ただ呼吸だけしていればよかったのだから……。

もちろん、それまでだって恋愛はしていたし、結婚だってしていたわけだが、詩音が教えてくれたのは、偽物ではない本物の愛だった。

体の奥底から熱く湧きあがってくるような、愛しあう喜びだった。
それはつまり、生きる喜びだ。詩音は私に生きる喜びを教えてくれたんだ。

詩音と会うのは、もはや仕事ではなかった。仕事なんてどうでもいいから、彼女の気を惹きたかった。そのためにはなんでもやった。詩音に魅了されているのは私ひとりではなかったからね。とにかく彼女を喜ばせようと、流行のデートスポットに詳しくなり、お金だってたくさん使った。

おまえは正気を失っている、と胸ぐらをつかんで忠告してくれた友人がいたよ。長い付き合いの信頼できる男だったが、私は彼と縁を切った。

私はたしかに正気ではなかった。マイホーム購入のための蓄えを切り崩して、詩音とドライブに行くために高額な英国車を買った。ブランドものの服やバッグをプレゼントした。会社の経費を使って東京中のレストランをまわり、数えきれないほどシャンパンを開けた。

詩音ほどの女性を国産車の助手席に乗せるわけにいかなかったし、見栄えのしない服を着せておくわけにもいかなかったし、安い酒で酔わせるわけにもいかなかったからだ。

なるほど、正気じゃないね。

私と詩音の関係、そして、常軌を逸した浪費に気づいた当時の妻とは、喧嘩が絶えなかった。それも当然だ。

ただ、私は私と詩音の関係を、浮気だの不倫だのという汚らしい言葉で括（くく）られることに、我慢ならなかった。それだけはどうしても許すことができず、そういう言葉で糾弾してくる妻との距離は、ますます遠のいていくばかりだった。

私たちはただ、愛しあっていただけだ。

まわりが見えなくなるほど情熱的にね。

世の中にこれほど素晴らしいことがあると思うかい？

あるかもしれないが、私は知らない。

知りたいとも思わない。

その結果、妻子とは別れた。

詩音に夢中になるあまり、仕事の意欲もなくしたうえ、経費を使いこんでいたから、会社でも次第に居場所をなくしていった。それでも私は、態度をあらためる気にはなれなかった。

やがて辞表を書くことになった。

終わったな、と思ったよ。

家庭や会社の話だけじゃない。

それなりに名のある会社の肩書きを失った私に、詩音は興味をなくすだろうと思った。高いサラリーも会社の経費を使う自由もなくなったうえ、離婚の慰謝料もあったからね。浪費好きの彼女を楽しませてやることが、私にはもうできなかった。別れのときが訪れたというわけだ。

それでも私は、これっぽっちも後悔なんかしていなかった。

詩音と一緒にいるとき、彼女とすれ違うことは、世界とすれ違うことだと思っていた。世界とすれ違う瞬間が目の前に迫っているのに、満ち足りた気分しかなかったよ。

詩音と愛しあうために、自分はこの世に生まれてきたんだと、私は疑いなく信じこんでいた。

詩音と知りあって、まだ一年くらいしか経っていなかった。

たった一年で破滅してしまったわけだ。

しかし、破滅の予感なら最初からあったんだ。そんなふうに全身全霊で愛しあうことが、長続きするとはとても思えなかった。だから、自分でも意外なほど、すんなりと別れを受け入れることができたのかもしれない。

別れたところで、私の愛の炎は消えたりはしなかったけれど。

その一年間は、私がそれまで生きてきた三十八年間すべてと比べても、ずっと重かったから。

重くて、熱かった。熱く燃えていた。海と溶けあう太陽のように——フランスの象徴派詩人なら、そんなふうに綴るかもしれない。

たとえそれから百年生きることになろうとも、詩音と過ごした一年以上に素晴らしい瞬間があるはずがないと、私にはわかりきっていたんだ。


妻子を捨て、会社を追いだされた私のまわりからは、潮が引くように人がいなくなっていったよ。

予想できないことではなかったけどね。

仕事の上では私の足元にも及ばなかった同僚が、たっぷりと尾ひれをつけた薄汚い噂話を吹聴してまわっていることも、想定内の出来事だった。

ただ……。

ひとつだけ、想定外のことがあったんだ。

妻子のもとを出た私は、下丸子(しもまるこ)という都心から離れた場所にある六畳ひと間のアパートで、ひとり暮らしを始めた。落ち武者だよ。それまでは南青山のマンションだったから、さすがに落差が激しくてみじめな気持ちになった。再起を図ろうにも、そんな気力はなかなか湧いてこなかった。

近くに多摩川が流れていてね。下流だから、河川敷がとても広い。毎日そこまで歩いていって、真っ昼間からビールやウイスキーを飲んでいた。子供たちがやっている下手くそな野球を眺めたりしながらね。

部屋に帰っても酒ばかり飲んで、このまま俺は酒でくたばるんだろうな、と洗面所のひび割れた鏡を見るたびに思った。見るに堪えない、ひどい人相をしていた。幸いと言うべきか、私の部屋はアパートの一階だったけど、マンションの十階だったりしたら、なにもかも面倒くさくなって飛びおりていたかもしれないね。

だから、びっくりしたよ。

そんなところに詩音が姿を現したときは。

「どうしてここがわかったんだ？」

訊ねても、詩音はニヤニヤ笑っているばかりだった。私は彼女に連絡をしていなかった。さっきも書いたとおり、会社に辞表を出した時点で、すべては終わったと思っていたから。

「わたしのために離婚した人を、放っておけないじゃないですか。会社を辞めたのだって、どうせわたしがサボらせてばかりいたからでしょう。アハハ、謝らないけど、責任とって結婚してあげます」

彼女らしからぬ殊勝な言葉にも唖然としたが、その手が小さな手を握っていたことには、もっと驚かされた。つい最近まで赤ん坊だったような、よちよち歩きの子供を連れていたんだ。

「まあ、こぶつきでもよければですけど」

それが、きみだ。

美憂だよ。

こぶつきであろうがなかろうが、私に断る道理はなかった。私は人前で感情的になることが滅多にない人間だけど、このときばかりは声をあげて泣いてしまった。

とはいえ、六畳ひと間に三人が川の字になって眠る生活は、ちょっと耐えがたいものだった。みじめさが倍増した。いや、三倍増だった。

きみも知ってるだろう？　私はもともと、度し難い見栄坊だからね。肩書きを失くしたときに詩音の前から姿を消したのだって、言ってみれば見栄を張ったんだ。まともなレストランに連れていく金もないのに、どうやって詩音を楽しませればいいかわからなかったんだ。

しかし、詩音のほうは、貧乏暮らしがむしろ楽しそうだった。いままで知らなかった彼女の一面を……いや、違うな。彼女は要するに、天性の女優だったんだ。いい役者は、お姫さまの役だろうが、長屋の町娘の役だろうが、人々を魅了する輝きを放つ。詩音にとっては、演じる舞台が六畳ひと間のボロアパートに変わっただけで、中身は変わっていなかったのかもしれない。

そのアパートにはベランダなんてなくて、共同の物干し場が外にあったんだが、詩音はいつもそこで、笑顔に汗を浮かべながら洗濯物を干していたよ。焼け跡に咲いた花みたいに逞しく、強い色彩を放っていた。

仕事をする意欲を失くしてしまった私に代わって、働きに出てくれたのも詩音だった。もう芸能界とは縁が切れていたので、水商売だ。

彼女が働いている間、あるいは仕事で疲れて眠りについている間、つまり一日中なわけだけど、きみの面倒を見ていたのは私だ。以前結婚していたときは、育児はもちろん、家事だっていっさい手伝わなかったのに。育児書と首っ引きで、幼児食なんかをつくったり、多摩川に散歩に行ったり……。

そういう生活は、私を変えた。内面の変化をもたらした。自分のみじめさと折り合いをつけるために、よく言えば穏やかに、悪く言えば刺激を求める気持ちを失っていったんだ。欲望を、と言ってもいいかもしれないね。

もちろん、楽しくなかったわけじゃない。水商売に身をやつしても詩音はいつもご機嫌だったし、きみは素直ないい子だった。

休みになると、三人でよく遠出もした。オンボロ軽自動車でドライブだ。大きな遊具がある公園できみを遊ばせて、詩音が握ってくれたおむすびを食べて帰ってくるだけなんだけど、しみじみと幸せだった。

ずっとそういう日々が続けばいいと思った。

一年も続かなかったけれど……。


詩音に別れを切りだされたときは、やっぱり、という気分だった。

もちろん私は取り乱して、詩音にひどい言葉を投げつけたりもしたんだが、心のいちばん深いところでは、諦めていた。

詩音は貧乏暮らしに飽きたわけではなかった。

そうではなく、貧乏暮らしにフィットしすぎた私に退屈してしまったんだ。私は詩音の帰りを待って、まだ言葉も拙(つたな)いきみと遊んでいる日々に満足していた。変わってしまったのは、私のほうだった。極度に恋愛体質の詩音が、情熱を燃やして愛しあえる相手ではなくなってしまったんだ。

年齢の問題もあったかもしれない。彼女は二十代がまだ始まったばかりで、日の出の勢いがある年ごろだった。私はすでに三十代も終盤で、人生のピークを過ぎたことを自覚しはじめていた。私に必要なのは、ハラハラドキドキする恋の大冒険ではなく、ゆっくりと羽を休められる巣箱だった。

詩音にはそれが許せなかったのだろう。話が違う、と思ったかもしれない。彼女が他の男と恋に落ちたのは、だから私にも大いに責任がある。決して詩音がだらしない女だったからじゃない。

とはいえ、このときばかりは、私も素直に別れを受け入れるわけにはいかなかった。会社を辞めたとき、見栄を張って連絡を絶ったのとは状況が違った。籍はまだ入れていなかったけれど、詩音とはもうすっかり夫婦のつもりでいたし、家族のつもりでもあった。詩音と私ときみと、三人で。

「どうしても別れると言うなら、美憂を残していってくれ」

私は詩音にそう言った。

きみは私に懐いていた。四六時中一緒にいたから、詩音よりも私のほうに懐いていたくらいだった。

何度も何度も、詩音と話しあいを重ねたよ。彼女は男をあっさり捨てる女だが、血を分けた娘まであっさり捨てられるほど、非情な人間ではなかった。私は彼女が涙を流したところを初めて見た。

しかし、私も譲れなかった。またひとりぼっちになってしまったら、自分を支えるものがなにもなくなってしまうという恐怖に怯えていた。

「母親がいなくて、子供がちゃんと育つのかしら？　わたしがいなくなったら、志田さん、仕事だってしなくちゃいけないいんだよ」

「美憂のことなら心配いらない。きみが育てるよりも立派に育てることを約束する」

詩音も泣いていたが、私の眼からも涙がとまらなかった。

「きみはこれからも恋に生きる女だよ。恋がなければ生きていけない。そうだろ？　火花を散らすような激しい恋がなくても生きていけるなら、このまま僕と一緒にいればいい。それが退屈で出ていくんなら、子供なんていないほうが自由でいいじゃないか」

詩音も苦しかったと思う。彼女は私に負い目があった。私の家庭を壊し、そしてまた、私との家庭まで壊そうとしていたんだ。いくら物怖じしない性格でも、自分だけ無傷ですむとは考えていなかったんだろう。まさか私が、連れ子の娘を要求するとは思っていなかっただろうがね。

最終的に、彼女のほうが折れてくれた。

私は自分の言い分を通した。

自分のためだけに、だ。

口ではきれい事を言っていても、私の胸の中では怨念めいたどす黒い感情が渦を巻いていた。

詩音が私からいちばん大事なものを奪っていくなら、私も詩音からいちばん大事なものを奪ってやりたかったんだ。

復讐、だよ。

母親を失ったきみが、どれだけ淋しい思いをするかも考えず……いや、わかっていながら、きみから母親を奪うという暴挙に出た。すさまじいエゴだ。

謝罪の言葉もない。

まだ眼を離せる年齢ではないきみの側にいるため、私は在宅でできる仕事を探した。幸い、私は英語とフランス語ができたし、業界にはまだちらほらと私の能力を買ってくれている人が残っていた。

翻訳、字幕、下訳、なんでもやった。私の最初の目標は、きみを名の通った私立の学校に、幼稚園から通わせることだった。お受験というやつだ。シングルファーザーでのお受験は不利という声も聞こえてきたが、私はなんとか乗りきった。もちろん、きみが聡明だったおかげだ。私は鼻が高かった。

幼稚園には送り迎えが必要だったので、通いやすい都心に引っ越した。ふたりでずっと住んでいた小石川のマンションだ。最初は賃貸で、買いとるのはまだ先のことになるが、もう六畳ひと間のボロアパートじゃなかった。きみがすくすくと成長していくのを見守りながら、馬車馬のように翻訳の仕事をこなしていたからね。

きみが小学校にあがったタイミングで起業しようというのは、ずいぶん前から考えていたことだった。

私は思いだしたんだ。自分が本来とても勤勉で、仕事で成果をあげることにこの上ない喜びを覚える人間だったことを。友人とふたりで始めた会社が、二十人を超えるスタッフを抱えるようになるまで、それほど時間はかからなかった。

順調だった日々に翳（かげ）りが差したのは、いつだったのか。

きみが小学生のころは、掛け値なしに楽しい毎日だった。きみは私の生き甲斐であり、夢そのものだった。立派なレディになってもらいたくて、よくレストランに連れていったよね。きみは着飾って食事に行くことが大好きな、おしゃまな女の子だった。

中学生のときだって、少し内気になってしまったことを心配したくらいで、なにも問題はなかった。

ハッとさせられたのは高校一年の文化祭のときだ。英語劇の舞台に立っただろう？　わがままなお姫さまの役だった。私は指導教員に感謝した。舞台には人間を変える魔力がある。思春期で伏し目がちになっていたきみが自分の殻を破るのに、うってつけな配役だと思ったんだ。

舞台を見るために学校に行った日のことは、空の色までよく覚えている。

きみは英語の発音がまるでなっちゃいなかったし、芝居だってそれほどうまくなかったが、わがままなお姫さまを精いっぱい演じていた。金をとっているエンターテインメントじゃなくて、女子高の文化祭の出し物だ。見ている人のほとんどは、おそらくきみの熱演に好感を抱いたことだろう。実際、カーテンコールは万雷の拍手喝采だった。

しかし私は……。

まったく別のことにショックを受けていた。

ドレス姿で化粧をして、舞台狭しと動きまわっているきみに、詩音の姿がだぶったのさ。きみは詩音によく似ていて、年を重ねるごとに生き写しのようになっていった。私はその現実から眼をそむけ、なるべく向きあわないようにしていたのだけれど、その日から、向きあわずにはいられなくなった。

苦悩の日々が始まったんだ。

断腸の思いで正直に告白しよう。

そのころの私はきみを見ながら、たとえばソファに寝っ転がって本を読んでいるきみの姿を眺めながら、血が繋がっていないことを意識していた。血が繋がっていないなら、きみと恋愛ができるかもしれないなんて、とんでもないことを考えたりもした。

きみから母親を奪ったうえ、未来までも奪うようなことを、妄想とはいえ、私は考えてしまっていたんだよ。

自己嫌悪にのたうちまわった。

仮に……あくまでも仮の話だが、私がきみをひとりの女性として心から愛していたのなら、私は私を肯定できたかもしれない。

だが、私がこの世で愛しているのは詩音だけだった。別れてしまってからも、詩音と過ごした愛の日々は、私を満たしてくれていた。私はきみを、その詩音の代わりとして愛でようとしたんだ。私の妄想がほんの少し、小指の先ほどでも現実になっていたら、きみの人生はめちゃくちゃになっていただろう。

重ねて言えば、私の妄想は私がそれまで大切に守ってきた、父親としての矜持(きょうじ)をも裏切るものだった。

飲まずにいられなかった。

酒に逃げなければ、呼吸をしているのもつらかった。

きみには迷惑ばかりかけて本当に申し訳なかったけど、気絶する寸前まで泥酔しなくちゃ、家に帰ることもできなかったんだよ。

物理的な距離を置いて、逃げようともした。それまで共同経営者や部下に任せていた海外出張を、一手に引き受けた。三日で終わる仕事のために、パリやベルリンに二週間滞在したこともある。

朝から晩まで飲んだくれていても、海外にいるとどこか頭がクリアなものだ。完全に泥酔することができない。

海の向こうで、異国の街にあるカフェやバルできみに絵はがきを書いているときだけ、私は父親の気持ちに戻ることができた。私はいつも、よちよち歩きのきみを思いだしていた。あるいは、おしゃまな小学生だったきみを思い浮かべていた。日一日と大人になり、詩音に近づいていくきみではなく……。

だがそうやって気持ちを落ち着けて帰国すると、久しぶりに会ったきみが、会わなかった日々のぶんだけ確実に大人になっていて、私をゾッとさせるんだ。

これは復讐だ、と思った。

なるほど、今度はこちらが復讐をされる番なのかと、因果を思い知らされた。

打ちのめされた私は、酒量をさらに増やした。血を吐いても飲みつづけた。酒場の喧嘩で命を落とすなら、それはそれでよかった。

　復讐なんだろう?

　娘を奪われた詩音の復讐だ。

　そして。

　母を奪われたきみの……。


　自分の体の異変には、わりと早くから気づいていたんだ。

　あれほど大量に飲んでいれば、病気にならないほうがむしろおかしい。

　ここまで読んだきみはもうとっくに気づいているだろうけど、それでもなかなか病院に行かなかったのだから、これは自死のようなものだ。

　緩慢な自殺だ。

　でも、悲しまないでほしい。

　私は私の人生を、もう充分に生きたんだ。

　残していくきみにはこれから大変な苦労をかけてしまうけれど、私はたぶん、笑って死んでいける。

　酒を飲まずにいられないのは、酒は思い出という小さな灯りに注がれる油のようなものだからなんだ。

酔った私は、いつだってあの、三十八歳からの一年間のことを思いだしている。

情熱が燃えていた。

愛が燃えていた。

この世に、人を愛し、愛されることより素晴らしいものはない。

心からそう思う。

他人は私を、女で人生を台無しにした愚か者だと笑う。

妻子を捨てて若い女に走り、結局その若い女にも捨てられた大馬鹿野郎だと蔑む。

否定はしない。

私に言えることはただひとつ、その愚かで大馬鹿野郎な人生に、私自身が満足しているということだけだ。

燃え盛る愛は永遠ではない。

この世のすべてに不変はなく、人の心は絶え間なく移ろい、永遠を確信していた情熱も、次第にくたびれて、やがて冷める。

それがこの世の理（ことわり）なのだろう。

愛は燃え尽きるからこそ美しい、と言う人もいる。

あるいはそうかもしれない。

詩音が言いそうな台詞だね。

愛が燃え尽きるのは、燃え盛る炎が激しかったなによりの証だ。

たとえ燃え尽きてしまっても、燃え尽きるまでの時間が驚くほど短かったとしても、愛は愛だから、是非も優劣もありはしない。


美憂。

血の繋がった実の父親の不在を、悲嘆してはいけないよ。

きみがこの世に存在するということは、そこにもたしかに燃え盛る愛があったんだ。

きみは愛の結晶だ。

私と詩音の愛の結晶でもある。

詩音が産み落とし、私が育てあげた。私と詩音は愛しあっていた。愛の炎を燃え盛らせた。

血が繋がっていないからといって、愛の結晶ではないなどと、誰にも言わせない。

できれば、きみにもそう思ってほしい。

私こそ本当の父親だと思ってもらえれば、これ以上光栄なことはない。

きみのことを心から愛してる。
詩音の次に。

美憂。
好きな人を見つけなさい。
愛しあうのをためらうのはやめなさい。
不器用でいい。
格好つける必要なんか少しもない。
全力でぶつかれ。
愛を燃え盛らせろ。
その思い出だけあれば、笑って死ねる人生もある。

3

中央線快速の扉が開くと、蓮は東京駅のホームに飛びだした。
案内サインを見上げつつ、人にぶつかりながら階段に向かって走る。脇目もふらず駆けおりていき、新幹線乗り場を目指す。

時刻はすでに午前九時五十分だった。

美憂はまだここにいるだろうか？

九時台の新幹線と言っていたはずだから、いたら奇跡だが諦めるには早すぎる。

美憂が志田龍一のノートをわざと置いていったことは、もはや疑いようがなかった。彼女は弁明したかったのだ。ゆうべの醜態を……いや、弔いの翌日から突然、憑きものが落ちたように明るくなった理由を……。

あのノートを読んだからなのだ。

遺品の中にあったのだから、父親が亡くなったあとに読んだことは間違いない。生前に読んでいれば、そもそもキャラウェイの笹沼だの、共同経営者だった喜瀬川だのに会いにいく必要なんてなかった。

ノートの最初のほうを読んだとき、蓮はとても嫌な気分になった。

なんてひどい男だろうと、正直思ってしまった。

さすが永野詩音の元パートナーである。

永野詩音への愛を情熱的に謳いあげる一方、捨てた妻子については背筋が凍りつきそうなほど冷酷で、人間らしい思いやりの欠片(かけら)もない。そのうえ破滅願望まであるらしく、自分の破滅に酔っている。

これを読んだ美憂のことが、ひどく心配になったくらいだ。永野詩音と会ったときより強烈に、傷つけられてしまったのではないかと……。

しかし、読み進むうちに印象が変わっていった。

復讐と言いながら、美憂のことをとても大切に育てていることが伝わってきた。世界中が敵にまわっても自分の味方をしてくれる存在だと、美憂は言っていた。嘘ではなさそうだった。

そんな愛娘が日に日に愛する女の面影を宿していく恐怖も、なんとなく理解できた。苦しかったに違いない。血が繋がっていないから恋愛だってできるのではないか、というおぞましい妄想に取り憑かれ、苦悶の果てに酒に逃げこんだ彼を、蓮はチープな常識や倫理観で断罪する気にはなれなかった。

そして、永野詩音への愛だ。

二十年近くが経ってなお、志田龍一の中で、彼女への愛が色褪せることなく輝きつづけていることに驚かされた。

永遠の愛を否定しつつも、この人の愛は永遠みたいなものではないか。蓮は美憂と一緒に、志田龍一の骨を拾った。骨になっても、永野詩音のことばかり考えているに違いなかった。

少し、羨ましかった。

純粋さが、まぶしかった。

もちろん、滑稽と言えば滑稽だった。救いがたいほど不様でもあった。なのに、最後まで読むとどういうわけか愛おしい。やっていることはめちゃくちゃなのに、愛の殉教者にも思えてくる。呪文のように繰り返している愛の言葉は、祈りにも似ている。

愛娘の背中を押そうとするラストを読むと、さすがに胸の奥がざわめいた。ゆうべの出来事を思いだしたからだった。志田龍一の絶唱が、うつむいて両手を突きだし、猪みたいに突進してきた美憂の姿と重なった。

血が繋がっていなくても、そっくりな父娘だった。まっすぐなのに不器用なところが、よく似ている。あれが美憂の精いっぱいの求愛だったのだ。ハグしてほしかったのだ。

新幹線の改札を抜けた。

人波をかきわけて、北陸新幹線のホームを探す。見つからなかったら軽井沢まで行くつもりだったが、奇跡が起こった。レモンイエローのワンピースは、人でごった返す中でも眼を惹いた。

ああそうか、と思った。荒川の土手で見たときにも既視感があったのだが、あの派手なワンピースはＣＭ雑誌で永野詩音が着ていたものによく似ているのだ。男の蓮は志田龍一に感情移入して彼のノートを読んだけれど、女の美憂は永野詩音に成りかわっていたのかもしれない。人生を賭けてひとりの女を愛し抜いた父ではなく、そんな父に全身全霊で愛し抜かれた女に……。

美憂は新幹線の乗車口の前に立っていた。

近づいていくのを一瞬ためらったのは、彼女のまわりに見送りらしき大人が大勢いたからだ。十人近くいる。店の人が見送りにきてくれると言っていたような気もするが、定休日なのだろうか。それとも美憂が、それほどみんなに愛されている看板娘だったということか。

いずれにせよ、ここまで来てためらっている場合ではなかった。囲んでいる大人たちを押しのけるようにして、蓮は前に進んだ。美憂が眼を真ん丸にして驚いている。後ろから「誰？」という声が聞こえたが、きっぱりと無視した。美憂の小さな手をガッとつかむと、その場にいた全員がドン引きした。それだって、かまっていられなかった。

「行かないで」

伝えたい話があった。血を分けているのにどうしても仲良くできない、険悪な関係の母のことだ。浮気をされて離婚した父を憎悪し、結婚生活を一から十まで否定している。そんな母なのに、結婚してよかったことがたったひとつだけあるらしい。いくら訊いても口を割らなかったのだが、志田龍一のノートを読んで、蓮はようやくそれに気づいた。

俺のことかよ——顔をくしゃくしゃにして泣いた。あのときの母の、表情を欠いたような不思議な眼つきが忘れられない。母親を泣かせてばかりいる不肖の息子をこの世に産み落としたことだけが、彼女にとって唯一肯定できる、結婚の成果だったのだ。憎むべき浮気男にさえ、それだけは感謝しているのだ。なるほど、恥ずかしくて口にはできなかったわけだ。

「行かないで」

もう一度、美憂に言った。美憂は大きな眼に涙を浮かべて、いまにも泣きだしそうな顔をしている。コクコクとうなずく。その気持ちを受けとめるために、蓮は両手をひろげた。美憂はハグがとても下手だから、ありったけの勇気を振り絞って、蓮からするしかなかった。

レモンイエローのワンピースに包まれた小さな体を、ぎゅっとした。美憂もしがみついてくる。腕の中で号泣しはじめる。蓮の眼からも熱い涙があふれだした。新幹線が発車を告げるベルを鳴らしても、ふたりの耳には届かない。

美憂、聞こえるか？

天国で志田龍一が叫んでいる。

愛を燃え盛らせろ。

この作品は書き下ろしです。原稿枚数334枚（400字詰め）。

奈落の底で、君と見た虹

柴山ナギ

令和3年1月15日　初版発行

発行人——石原正康
編集人——高部真人
発行所——株式会社幻冬舎
〒151-0051東京都渋谷区千駄ヶ谷4-9-7
電話　03(5411)6222(営業)
　　　03(5411)6211(編集)
　　振替00120-8-767643
印刷・製本—株式会社　光邦
装丁者——高橋雅之

幻冬舎文庫

ISBN978-4-344-43051-8　C0193　し-48-1

幻冬舎ホームページアドレス　https://www.gentosha.co.jp/
この本に関するご意見・ご感想をメールでお寄せいただく場合は、
comment@gentosha.co.jpまで。